JN072335
安達としまむら
9
入間人間
デザイン／カマベヨシヒコ(ZEN)

キャラクターデザイン／のん
カバーイラスト／金子志津枝

日野
永藤の幼なじみで、元気で明るい性格だが、
実家は名家のお嬢様で、
いろいろ複雑な家庭らしい。

「……それにしても」
私は、ずっとしまむらのことを
考えているなぁと今更意識する。
しまむらは、一日のどれくらい
私のことを考えてくれているだろう。

安達

しまむらに想いが伝わり、一緒に過ごせて嬉しい女子高生。以前よりもしまむらが自分を気に掛けてくれるようになり嬉しい。

しまむら

安達と付き合うことになった、授業をサボりがちな女子高生。他人にあまり興味がなかったが、安達のことは気になっている。

安達の世界はとても狭い。
でもそれは一概に欠点と言えない。
世界が狭いということは整理が簡単で、
見渡しやすく、
そう……完全たり得るかもしれないのだ。
欠けてはいけないものが一つだけの世界なら、
きっと。
その一つがわたしって、
照れてしまいますなとずずーっと鼻をすする。
冬が町の上をスキップしていた。

CHARACTER
永藤
実家は精肉店で眼鏡の巨乳。
日野とは幼稚園のころからの付き合い。
日野のことをよく気にしている。
ヤシロ
自称宇宙人。
地球へはドーホーを
探しにやってきたらしい。

十分だろうか、十分だろうか。
機嫌が良ければ、一時間くらいは
期待していいのだろうか。
でもしまむらは、一時間も私について
考える内容がなさそうだ。
自分の指先が薄っぺらく見えてくる。
私は多分、しまむらの前だと大体緊張して
……舌を噛んだり、目を回したり、
視界がぼやぁっとしたり、
何言ってるか分からなくなったり……
薄くはないかもしれない。
でも錯乱していることを厚みとは言わない。
もう少し落ち着いてしまむらと向き合うことを
目標にした方がよさそうだった。

安達としまむら 9

入間人間

一章『ヤング島抱月』

「あ、しまむら先輩だ」

学校からの帰り道、名前を呼ばれたのでなぁにと振り返ると自転車に乗った後輩がいた。

足を止めると、冬風が腿《もも》の裏を叩《たた》いて否応《いやおう》なく寒さを意識する。

「お、後輩」

ちーっすと中学時代の後輩が手を上げて挨拶してくる。正確には、バスケ部の後輩だ。

名前は……えぇと、なんだった。わたしはどうも、人の名前を覚えるのが苦手みたいだ。

確か山がついたと思う。山……川。川はちょっと怪しいな。田か、中……後輩だ。

「先輩んちってこっちでしたっけ」

「うん」

制服を一瞥《いちべつ》して、違う高校だと分かる。

「先輩は高校でもバスケやってるんです？」

「ううん、なーんにも。部活自体やってないよ」

「そっすか。あたしはなんとなーく続けてます。ゆるゆるですけどね」

「そっかー」

バスケットを選んだのは、野球やサッカーには女子部がないのに、バスケットにはなぜかあったので興味が湧いたからだった。バレーでも良かったのだけど、見学する中で、ボールを床に弾ませても怒られないことが気に入った。普通、屋内でボールをバンバン床にぶつけていたら注意される。

できないことを許されている、という点が決め手になった。

変な決め方だと今となっては思う。

今なんて、やってもいいよって言われても眠いからいいですと逃げそうだ。

しかし後輩、背が伸びたなぁとその頭をぼけっと見上げる。

「背ぇ伸びたね」

そのまま口にすると、いやはは、と後輩が適当に笑う。

「先輩はなんか丸くなりましたね」

後輩が自転車のハンドルを握ったまま指摘してくる。

「そうかな?」

「昔の先輩は舐《な》めた口きく後輩なんてまず蹴り入れてましたからね」

「それは嘘《うそ》だ」

そこまで暴力に訴える度胸はない。そう、人を叩《たた》くには強い意志が必要だ。

へにょへにょなわたしには到底無理である。

「でも気に入らない後輩にはろくにパスしませんでしたよね」

「それは、やったかも……」

ごにょごにょしてしまう。なかなか恥ずかしい過去なので、あまり触れてほしくない。

「雰囲気大分変わりましたし、良《い》い人でもできました？」

「え？」

「これですよこれ」

後輩がにこやかな笑みと共に中指を立ててくる。

「喧嘩《けんか》売ってる？」

「あ、間違えました。どの指でしたっけ」

これ、これ？　と後輩が一本ずつ指を立てていく。薬指だけ立てられるって器用だな。

こっちも試したら、指が震えた。

それはさておいて、後輩がなにを聞きたいかは察する。

「ああ……そういうのか」

彼女ならできたよ、と教えたら後輩は目を丸くするだろうか。

「ま、少し大人になったってことかな」

「ははぁ」

後輩がいい加減に感心する。感心した？　した、恐らくは。

風に打たれた足から伝う寒さに体を震わせると、後輩が気を遣ってくれる。

「じゃ、さようならー」

「うん、ばいばい」

手を振る後輩と別れる。気の利《き》くやつだ、部活中にも割と話していた覚えがある。

えぇと……中山《なかやま》(仮)。

「結局、どの指だったんだろう……」

そんな呟《つぶや》きが、吹きすさぶ風と共に届いた。

いつかまた会う機会があったら教えようと思う。多分、もう会わないけど。

行動範囲が狭いので、こういうすれ違いもたまにはある。実際はもっとあるのかもしれないけど、恐らく嚙《か》み合《あ》わない。態度がよろしくなかったから、慕ってくれる後輩や同級生はとても少ないのだ。

「あの頃は若かった」

焦《あせ》るように動き続けていて、でも今よりは意欲に満《み》ち溢《あふ》れていたと思う。

安達《あだち》は町を歩いていてもこういうのないんだろうなぁと、伝え聞く話から想像する。安達《あだち》の世界はとても狭い。でもそれは一概に欠点と言えない。世界が狭いということは整理が簡単で、見渡しやすく、そう……完全たり得るかもしれないのだ。

欠けてはいけないものが一つだけの世界なら、きっと。

その一つがわたしって、照れてしまいますなとずずーっと鼻をすする。

冬が町の上をスキップしていた。

「どーん」

物思いをしながら歩いていると、わざと肩をぶつけてくるやつがいた。少しよろめきながら、相手をすぐ確認する。

「しましま同輩じゃないか」

白々しく驚くのは永藤《ながふじ》だった。ぶつかってずれた眼鏡の位置を直している。

家の近くで出会うのは珍しいな。

「見てたの？」

「肩をぶつけて絡《から》むところだけ」

「いやぶつかってないから」

何が見えているんだこいつの目には。眼鏡をくいくいしているけど、度が合っていないのかもしれない。それ以前の問題かもしれない。

それにしても、永藤《ながふじ》単品でうろつくとは珍しい。そんな視線を感じてか、永藤《ながふじ》が身振り手振りを交えて説明してくる。その手は隣に日野《ひの》の輪郭を描いていた。エア日野《ひの》だ。

「家の用事があるからって日野《ひの》にポイされた」

「不法投棄は感心しないなー」

適当に言ったら、うんうんと永藤《ながふじ》が同意する。意味がよく分からない。

それはさておき、家の用事。日野《ひの》はそういうのが多い。普段は本人の人柄もあって意識していないけど、日野《ひの》ハウスは生活レベルがわたしたちと三つか四つは違う。色々と家に関するしがらみみたいなものもあるのだろう。永藤《ながふじ》はそういうものを気にする素振りもなく日野《ひの》の家へ遊びに行くみたいだけど。

「で、暇なのでうろうろしていた」

「その辺の思考回路がいかにも永藤《ながふじ》だわ」

目的を深く考えないで動くというか。住宅街うろうろして面白いかはさておいて。

「ちりんちりーん」

永藤《ながふじ》が乗ってもいない自転車のベルを鳴らす。鳴らせない。なんでわたしの後輩の真似《まね》をしているのだろう。続けての感想もコピーだった。

「丸くなったねぇ」

「どこが」

「うーん」

永藤《ながふじ》が人の二の腕を摘《つま》んでくる。おい。

「そうでもなかったぜ」

「やったぜ」

「そもそも前のしまーを知らんのだけど」

だと思った。

「しままーはさ」

「素朴な疑問だけどあんたわたしの名前知ってる?」

「しまっちはさー」

わたしのことをしまさんと思ってないか。

「うーん、うーん……言うことないね!」

「やったー」

なんて不毛な会話なんだろう。日野《ひの》はこれに毎日付き合っているのか。

まぁ、有益な会話ってなんだろうとは思うけど。

わたしも安達《あだち》と話すことなんて、大したことではないし。

「今度、なにか思いついたらまた言うから」

「そっすか」

思わず後輩と被《かぶ》ってしまう。そして永藤《ながふじ》はてっくてっくと去っていく。

「あ、忘れてた。しままやー、おーい」

距離を置いてから永藤《ながふじ》が人を安定しない名前で呼ぶ。

「なぁにー?」

「イェーイ！」

元気に中指を立ててきた。ちょっと迷ってから、「いぇー」立て返した。

永藤《ながふじ》は満足そうに頷《うなず》いて、今度こそ足取りも軽く離れていく。

「なんなんだろうあれは……」

天然でいいのだろうか。なんか、少しニュアンスが違うような。

多分、中学時代に出会っていたらめっちゃ嫌っていたと思う。

ああいうふざけたのが大嫌いだった。

今はゆるゆるしまちゃんになってしまったと自負しているので、「ほほほ」と笑うだけだ。

それはそれとして、とてもなんというか。

「疲れた」

人と会うとごっそりカロリーが減っていく。それが二人も来た。

このげっそりする感覚と裏腹に、肉体はちっとも擦り減らないのだった。


まるで耐えるように、意識が低く、低く首を垂れる。

積雪の下で微《かす》かな息をこぼすようなわたしにも容赦なく、冷たい泥めいた冬が囲う。

詩的に言ってみたけれどつまり、気温が低くなって眠くなってきた。これに尽きる。

露骨に動きが悪くなるので変温動物にでもなった気分だ。

家に帰って制服を着替える間も「さぶい」とこぼす時期になってきた。暖房はなかなか仕事をしない。そんなところは部屋主に似なくていい。見ると妹のランドセルは机の上にあるものの、本人の姿はない。そういえば水槽の手入れをしていた気もする。

水の厳しい冷たさにも文句の一つもなくやるのだから、我が妹ながら大したものだった。

「えらいえらい」

本人のいないところで褒めちぎる。それからぶるっと胴が震える。

震えついでとばかりに電話も震えた。安達《あだち》だろうと予想して確認したら、見事に当たる。

学校で別れる前にたくさん話したはずなのに、とは思うけど後で用を思い出すこともある。

「なになに……」

『クリスマスは、なにかしよう』

漠然とした希望だった。クリスマス、と日付を確認すると確かに案外近い。

『いいけど』

返事をしつつ、安達《あだち》とのクリスマスも二回目かと思いを馳《は》せる。思い出すのは青色だ。

『今度はどんな格好して来てくれるの？』

最近チャイナドレスの安達《あだち》を見ていないので、また見たい気持ちもややある。

『どんな服がいい？』

安達《あだち》の場合、頼めば大体どんな服でも着てくれそうではある。

「…………なんか今、酷《ひど》い格好を想像してしまった。提案だけでも安達《あだち》は本気にしかねないので自重しておく。

『普通のでいいんじゃないかな』

それだけ打って、一旦電話を置く。

「さてと」

そうして暖房が利《き》く前にちょっと寒いと布団《ふとん》に潜って暖を取ろうとすれば、何が起きるかは火を見るより明らかだった。分かっていても吸い込まれる。

「ぐぅ」

完全に温まるより先に、意識がふわぁっと遠くに浮いた。

体感ではまばたきほどの時間しか経《た》っていなかった。

目を覚まして、時計を確認するより前にお腹《なか》の上に乗っているものに気づく。人のお腹《なか》を枕代わりにして寝ているやつがいた。しかも俯《うつぶ》せで。

突っ伏して寝苦しくないのだろうか、このライオンは。

「ぐぅぐぅ」

分かりやすい寝息が聞こえる。……起きてる？

「そこの変な生き物」

「わたしですか」

声をかけるとすぐにヤシロが顔を起こす。ちょっとは自覚あったのか、と感動しかけた。

「うちではあんたが一番不思議ね」

うち認定しちゃうけどさ、もう。ずっと家にいるし。この間、母親がこいつの分のおやつまで買ってきたし。というか母親はこれを大分気に入っているみたいだ。多分喋《しゃべ》って笑ってうろちょろする犬かなにかと思っている。それがちょっと光ったりよく食べたりするだけだ。

『家どこ？　って聞いたら宇宙にあるって言ったから送るのは諦めた。ちょっと遠いよね』

『え、そういう問題？』

『それ以外なんか問題あるぅ？』

『いっぱいあるぅ』

『ま、悪人かどうかなんて顔をちょっと見れば分かるものよ』

『人は見かけに……よるかもだけどさぁ』

『あ、悪いことをするやつの顔だこれ！』

『お母さんに似てますねって割と言われるんだけど』

なんて調子だった。父親の方もすれ違ってご挨拶した後、『なんかいつもいる気がするぞ』の一言で終わってしまう。とまぁ、基本的にみんな緩い家なのだ。

「しっかりしているのはわたしくらいか」

「はははははは」

なんだその笑いは。

「で、なんで人を枕にして寝てたわけ」

なにも珍しいことではないけど。ふと見ると階段下で寝ていたりするので、まるで猫だ。犬だったり猫だったりライオンのパジャマだったり忙しい。

「あったかそうでしたので」

「あったか……コラ」

人のお腹《なか》が温かいってどういう了見だ、とヤシロの頬を引っ張る。「ふゅほほ」とヤシロは頬を伸ばされても呑気《のんき》に笑っている。ヤシロの肌はいつも通りひんやりとしていた。

顔を突っ伏していたはずなのに、まったく熱を帯びていない。不思議だ。

いやこれは多分わたしのお腹《なか》に温《ぬく》もり要素がないだけだろう……多分。

「しょーさんと遊ぶつもりでしたがわたしのお世話は後だそうです」

頬を伸ばされたままヤシロが説明してくる。お世話でいいのか。いいのかも。

しかしとっても今更だけど、しょーさんってなんだ。うちの妹の名前にかすりもしていない。

頬を離すとすぐにヤシロの顔が元に戻る。ライオンフードを外すと、水色の髪が露《あら》わになった。こんなに光るものを間近で見るのは、考えてみるととても珍しいかもしれない。

「ではもう一度」

「いや布団《ふとん》の中の方があったかいから」

もう一度人のお腹《なか》の上に寝そべろうとするヤシロを制する。

「おぉ、そーですか」

転がるヤシロが布団《ふとん》の中に入ってくる。ころころと、わたしの隣に寝そべってきた。

「ぬくいですな」

「わたしがあっためたんだから感謝するように」

一瞥《いちべつ》すると暖房のスイッチは入っていなかった。少し考えて、押し忘れたことを悟る。ますます布団《ふとん》から出られなくなった。

ぼーっとヤシロを眺めていると、ふわふわしているものだからこっちの目の周りまで釣られてふわふわしてくる。

こういうの安達《あだち》怒るかなぁ、と温かさにふにゃふにゃしながら思う。

でも外には出たくない。あとヤシロの頬がぐにょーっと潰れてる。見ていると、色々考えるのが面倒になった。永藤《ながふじ》とはまた違う緩さだ。

「ま、いいけどさー」

「わひゃひゃ」

ヤシロの髪をわしわし撫《な》でる。指が髪の間を抜ける度、光の粉めいたものが散る。実は菌とか胞子の類《たぐい》かもしれない。これを吸うとヤシロの存在に好意的になって、なんとなく許してしまうのだ。なんていう設定を今適当に考えた。多分違う。

「晩御飯が待ち遠しいですねー」

「あんた本当食べるの好きね」

「しまむらさんは寝るのがお好きですね」

「そーですね」

どっちも本能に忠実なご趣味だった。

「若い内はもっと遊ばないとだめですぞ」

きりっと、口で言っているけど緩い顔のままのヤシロが言う。

「と、てれびで言ってました」

「そういうのだと思った」

母親と一緒にテレビの前に転がっているのを時折見かける。

「しまむらさんはもうお若くないのですか？」

「うーん、まぁあんたよりは多分」

「くっくっく、見る目がないですな」

「ありありだと思う」

相手より若くないなんて、褒められたことではない気もする。

若さが全てではないけど。

若いってなんだろう。

「若しまむらさんはどんな地球人でしたか？」

「わたしの若い頃ねぇ」

まだ十分若いつもりなんですけどねぇ。地球人の件《くだり》は聞かなかったことにしてだ。

布団《ふとん》に包まれていると、記憶の輪郭が滲《にじ》んで過去と今がくっつきやすい。

思い出は、こんなに優しくも温かくもないのに。

「中学生の頃は……」

あんなだったり、こんなだったりした。

少なくとも今よりは走っていたように思う。そうか、とちょっと納得した。

中学生になってみんなが制服を着て体育館に集まるのを見た時、とても嫌なものを感じていた。空気の厚い壁に触れるような抵抗と正面からぶつかり合う。その感覚の名前に気づけないまま、流されてわたしもその一部となる。そうして長い退屈な始業式の、長くて退屈な先生の話が始まる。

体育館の中は四月なのにまだ空気が冷え切っている。日光の恩恵にも与《あずか》りにくい、中途半《ちゅうとはん》端《ぱ》な位置取りで立たされてしまっている。足元には丁度、バスケットコートを象《かたど》るテープが走っていて、なんとなくそれを踏む。その線を踏むとなぜか、余計に反動めいた反発が強まる。

壇上の先生を見上げて、しばらくして。

逃げようと思った。

トイレとうそぶいて、列から離れる。なぜそうしたかったのかもはっきりしないまま、尖《とが》った意識だけが先行して、かき分けるように進んでいく。抵抗は激しい、なのに止まれない。

わたしは一人、体育館の外へ向かってしまう。

そう、一人だ。

小学生の時、あれだけ一緒に遊んでいた樽見《たるみ》は側《そば》にいない。なんとなく、もう会わないような気さえしていた。どれだけ仲が良くても、それは過去で……今に繋《つな》がらないなら、無関係だ。

友情は無条件に続くものではない。

理由や動機あってこその関係だ。

好意だって、手段の一つかもしれなかった。

体育館の外に出てから、一歩ずつ前へ進むたびに不安が増す。

「やばいな」

進学初日からなにを悪さしているのだろう。剝がれかけたかさぶたが風に吹かれるように、不安定さに包まれる。思いとどまり、体育館へと振り返る。

今戻れば、きっとこの不安は落ち着く。だけど、と目を凝らす。

体育館の中で整列する生徒たちの背中に、嫌悪《けんお》を抱く。

みんな背丈まで一緒になって並べられてしまっているような、そんな窮屈な感覚が嫌で仕方なかった。それに、寒い。体育館は寒い。寒いのは、苦手だ。

そのまま動けなくなってしまいそうで。

立ち尽くしたまま、ぼうっと空を見上げる。

既に散り終えている桜の木の向こうから、暖かい日差しが届いている。

その日差しが肩を叩《たた》いてようやく、安寧を錯覚するのだった。

村を否定して、離れようとあがき始める。

この頃のわたしはまさに、島抱月《しまほうげつ》だった。

「あれぇ、せんぱいだ」

ユニフォームから制服に着替えた後輩が体育館を覗《のぞ》いていた。返事をしないで汗を拭っているると、靴を脱いで中へと入ってくる。中途半端《ちゅうとはんぱ》に開いた扉の向こうで、他の運動部も撤収していく様子が垣間見《かいまみ》えた。グラウンドの土に軽い赤みが差して、今の時刻を知らせる。

こいつは確か池……畑？　池畑《いけはた》、いや違った気がする。水か川……後輩。

中学二年生、出来たばかりの後輩。名前がうろ覚えでも仕方ないと言える。

「なにやってるんです？」

「見て分からない？」

「秘密特訓」

そこまで仰々しくはない。訂正するのも喉が渇いて億劫《おっくう》で、ボールを放る。

リングの先端に弾《はじ》かれたボールを、走って回収する。

「毎日やってるんですか？」

「気が向いた時だけ」

後輩は帰るどころかコートの端に座ってしまう。見学なんてしてなにが楽しいのか。

「帰らないの？」

邪魔を優しく言い換えても、「ちょっと見たら帰りますよ」と流される。

「いいけどさ……」

どうせやることは変わらない、とボールを投げては拾ってコート内を走り回る。

「一人でフリスビー拾ってる犬みたいですね」

「器用でいいじゃない」

適当に流して、リングを揺らす。いつもはまだもう少し入るのに、今日は視線があるせいだろうか。などと人のせいにする。またボールが弾《はじ》かれたのに合わせて、後輩が話しかけてきた。

「せんぱいって部活はそこまで真剣じゃないのに、なんで居残り練習なんてやるんです？」

弾んだボールを拾おうと、前屈《まえかが》みになったら汗が目に入った。

「真面目に部活やったところでうちではろくに勝てないよ」

一年もやっていれば自分も含めて限界は悟る。

「はぁ。でもシュート練習はするんですね」

「ボールを床にバンバンするのは飽きた」

慣れてしまえば面白みもない。だから今度は、ボールを放り投げることに精を出してみた。

こちらは今のところ、いくら飛び跳ねても飽きる気がしない。

放物線を描いたボールが、リング手前で弾《はじ》かれる。

「嫌われてますねー」

後輩はわたしのミスを観賞して楽しんでいるようだ。

「そうね、嫌われてる。色んな人にも」

「まだそこまでは言ってませんけど」

言っていないだけで分かっているのか、と今度はこちらが少し笑う。

「嫌われてるから、多分試合にも出ないよ」

「まぁパス出さないし無理ですよねー」

あははは、と後輩があけすけに笑う。遠慮のない指摘に、「そうね」と返すしかなかった。

「なんでパス出さないんです？」

「自分でボール持ってる方が楽しいから」

「うわぁ、めちゃくちゃ身勝手」

身勝手な分、相応に嫌われて妥当な扱いをされる。そうした結果を受け入れていた。

「向いてないのは分かってきた」

「はい？」

「集団競技」

わたしは他人になにかするのも、なにかしてもらうのも苦手らしい。

そういうことに気を遣いすぎて他人が煩わしくなるのが、また更に面倒で……と、そんなことを最近考える。部活動だって、辞めてもいいかもしれない。辞めて、こうやってシュートの練習だけする方が、と放ったバスケットボールはリングを重く揺らすだけに留《とど》まる。

「凄《すご》いですねー、さっきからリングの手前に綺麗《きれい》に当たる」

狙ってます？　と聞かれたので、狙ってません、と答えてボールを拾う。

「腕力足りないのかな」

「もっと高く跳んでから投げたら綺麗《きれい》に入るんじゃないですか」

気軽に言ってくれる。そんなに高く跳べたら、今を取り巻く重いものを捨てられるのだろうか。

次投げて入らなかったら今日は終わろうと思い、放ったボールも見事に外れた。

終わる、と息を整えて鼻の汗を拭って踏ん切りをつける。

それから、座ったままの後輩を一瞥《いちべつ》した。

「……あのさ」

「はい」

「スカートの中、見えてるよ」

「おっと」

無防備な座り方をしている後輩がスカートを慌てて整える。

「せんぱい、なんですぐに教えてくれなかったんです？　えっち？」

「アホか」

「何色だったか当てられます？」

「さぁね……」

適当に流して後片付けを始める。しながらちらちら視線を送って期待したけれど、後輩はまったく手伝ってくれなかった。敬う気の一切ない後輩に見る目あるな、と舌打ちを漏らす。でも片付けが終わるまで待って、一緒には帰るつもりのようだった。

「わたしはせんぱい嫌いじゃないですけどねー」

「そう？　ありがと」

帰り道で社交辞令のようなやり取りを交わして、少し歩いた後、後輩に振り向く。

「どの辺が？」

「え？　ああ別に、話しててやな感じはありませんし」

別段、興味もなさそうな口ぶりだった。

「愛想《あいそ》ないなって思うくらいですよ」

「それ、やな感じじゃない？」

楽しくお話ししようという気を感じさせない相手なんて、気持ちよくはないだろう。

うーん、と後輩が別の方向を向きながら唸《うな》る。

「そこまで深いお付き合いを期待してないというか、そっちの方が楽じゃないですか。愛想《あいそ》なくて、どうでもいいなーって思ってるってことはですよ、こっちも適当に喋《しゃべ》ってオッケーってことじゃないですか。そういう人ってけっこー、貴重なんですよね」

「貴重ねぇ……」

人間関係がなにより重要な狭い教室を思えば、分からなくもない。

一人の友達に嫌われたら、全員に伝染していく可能性まであるのが机を並べているわたしたちの関係だ。

その点、わたしは誰とも繋《つな》がっていない。

わたしに嫌われても、個人の関係だけで終わる。

わたしは、独りだった。

「頭使わないで話せるのって、理想的だと思いません？」

「…………」

後輩とのここまでのやり取りをほとんど覚えていない自分を顧みて、楽だなとは思った。

楽することが理想というのは、繋《つな》がるようで、なにかを挟む違和感が残るけど。

「じゃあね」

「はい、また明日」

後輩とは比較的、家が近いらしく住宅地の側《そば》まで一緒だった。ようやく別れるというところまで来て、頭使わない挨拶をして背を向ける。そしてある程度距離を取ってから、目の端から入り込む輝きに影響されてふと思い立つ。

「あのさー」

「はーい、なにか？」

振り向いた後輩に対して、夕日を指差す。後輩が釣られて、ぽけーっと見上げる。

「綺麗《きれい》ですねー」

別にそんなことを言いたいのではない。大事なのは、その沈みゆく光。

の、色。

「色」

強調して、もう一度指差す。

「いろ?」

察しの悪い後輩がまた夕暮れと向き合い、「あ」と頬に茜色《あかねいろ》を差す。

下を向いて、確認するように自分のスカートを見つめて。それからこっちに叫んでくる。

「情感溢《あふ》れるセクハラですねっ」

きゃっきゃと後輩が声を弾ませる。

「いや聞いたのそっちじゃん……」

後輩は最後まで陽気に笑いながら走って行く。なにが楽しいのか理解できない、けど。

「ま、いいか……」

きっと、中学を卒業してしまえばろくに出会うこともない。

そんな後輩はわたしにとってもどうでもよくて。

だから、気楽でいられる相手だった。

それからも、この後輩とはほどほどの距離を保って付き合うことができた。

名前もはっきり覚えられない程度に、ほどほど。

卒業するまでなにも起こらず、そして離れることもなく。

思えばその姿勢に影響されて始まったのが、高校生のわたしかもしれなかった。


「……なんてことがあったのじゃ」

「ほうほう」

ちょっとした昔話を語り終えて、一息つく。意外と覚えているものだった。

当たり前か、二年前はまだ中学生だったのだから。

安達《あだち》と出会ってからの一年が割と濃いから、過去が遠くなっているのを感じる。

良くも悪くも、安達《あだち》は印象的なので他の記憶を上書きしてしまう。

わたしはいつか、安達《あだち》との過去だけで埋め尽くされるのかもしれない。

「むにゃむにゃ」

「話聞いてた?」

「全部聞いてましたぞ」

目を閉じているやつが得意げにうそぶく。

「あんたとは中学生の時に会わなくて良かったかもね」

こんな緩い生き物、あの頃のわたしにはとても認められなかっただろう。

今だから、こうして一緒に寝転がっていられる。

こういうのを巡り合わせとか、合縁奇縁とか、色々と言えるのだろうけどこいつに限っては。

「うんめーですな」

「ですな」

なんとも緩く納得する。それから、目を瞑《つぶ》っていると意識が柔らかく溶けていく。

助走をつけて風の抵抗なく身体《からだ》が進んでいくように、良《い》い眠りへ至る時の感覚。

寝ることが好きなわたしは、きっと他の人より多くその瞬間に出会える。

とても幸せなことだった。

妹が扉を開ける音を、少し遠くに聞く。

『安達《あだち》と島村《しまむら》』

最近聞くことの増えた名前を耳にして、入り口の側《そば》で振り返る。

プールの方へ向かっていた黒髪の中年女性は今、すれ違った人に『安達《あだち》さん』と呼ばれていた。まぁ安達《あだち》さんなんて世間にいくらでもいるかと最初は思ったけど、振り向いてもう一度、その顔を眺めた。そして、よく似ていると思った。ので、ひたひたと近寄ってみる。

水着姿の背中を見つめながら、ぺったぺったとプールへ歩く。安達《あだち》さんはなかなか私を察しない。面白くなってきたのでそのまま後ろに同伴していく。塩素の匂いが立ち込めるプールへの扉を開けても尚《なお》気づかず、シャワーの前まで来たところでようやく、ひっついてきた気配に気づいたらしい。

振り返って、遠慮なく私を訝《いぶか》しんでくる。

中腰でこっそり歩く姿勢を解除して、背筋を伸ばす。そして、間近でじろじろ眺める。

「んー」

視線に応えて更に顔の皺《しわ》が深くなる。

「……なに？　あと、誰？」

「安達《あだち》さん？」

「そうだけど」

「高校二年生の娘さんがいそうな顔ね」

長々観察した結果、まぁ合っているだろと思って具体的に言ってみる。雰囲気含めて似ているし。睨《にら》むような目もとの皺《しわ》が少しほどけた。

「娘の知り合い……って年齢でもないか」

「知ってはいるわよ」

多分。

「ふぅん。じゃあそっちも娘なり息子なりいるのね、多分」

「娘が二人ね」

生意気な方と、ちょっと生意気な方。

あと何年か経《た》てば、ちょっとの方がめっちゃ生意気になるのだろうか。

抱月《ほうげつ》も中学時代は実に反抗的だった。

「んー？」

今度は向こうが私を不躾《ぶしつけ》に眺めまわしてくる。顔が近い近い。近眼なのだろうか。

目の前で安達《あだち》ちゃんっぽい顔が目つきを悪くする。

安達《あだち》ちゃんは大人しい子という印象なので、表情が大きく変わると似ている具合が減ってしまう。しまってもいいんだけど別に。

「なんじゃーい」

「前にここで見た顔に似てたのよ」

「あ、それ多分私の娘」

ジムに連れてきたことあるし、その時見たのだろう。

あの頃の抱月《ほうげつ》はまだ金髪だったのを思い出す。似合ってなかったなーあいつ。

「ふーん……やっぱりね」

顔を引っ込めた安達《あだち》ちゃん母《はは》が頭を掻《か》く。なにがやっぱりなのだろう。

視線からこっちの疑問を察したらしく、溜息《ためいき》交じりに説明してくる。

「桜《さくら》にもちゃんと友達がいるんだと思っただけ」

桜《さくら》って誰や、と聞きかけて安達《あだち》ちゃんの名前だと理解した。そういえば聞いたこと……あったか？　なかったか？　人の名前を覚えるのは苦手だ。覚えなくてもなんとかなってしまうし。

「で……なにか用？」

「安達《あだち》ちゃんに似てると思ったから追いかけただけよ」

動機の全てを話したのに、安達《あだち》ちゃん母《はは》はしばらく待つように黙っていた。

終わりだよーと手のひらを見せるように振る。安達《あだち》ちゃん母《はは》が眉間に皺《しわ》を寄せる。

「え、それだけじゃだめ？」

「ダメ。なんかあなた面倒くさそう」

「なんてことを言うんだ」

よく言われるけど。なんなら娘どもにも扱いを面倒くさがられる。なんなら旦那にも。

どの辺がと聞いた時の返答を大ざっぱに纏《まと》めると、『なんか気安くてうざい』に落ち着く。

酷《ひど》い。

「それで、いつまでいるの？」

「ん？」

「シャワー浴びるんだけど」

シャワーノズルを摑《つか》みながら、安達《あだち》ちゃん母《はは》がシッシと追い払う仕草をする。

「さっさと終わるし一緒に浴びちゃうか」

「え？　思ってる以上にバカなの？」

蹴り出された。頭からお湯被《かぶ》るくらいぱっと済ませてしまえばいいのに。

仕方なく隣のシャワーを使う。じゃーっと浴びる。

「……………………」

ふと思い立って仕切りの上にシャワーノズルを持っていって隣に流してみる。

じゃばーっと。

反応がないのでしばらく続けてみた。

「殺すぞ」

「こわっ」

思ったより本格的な殺害予告を貰《もら》った。殺されては敵《かな》わないので、湯量を控えめにした。

シャワールームから出ると、私より随分と水の滴《したた》るいい女が出てきて、睨《にら》んできた。

べっちゃべちゃの髪が垂れ流れるように顔に張り付き、呪ってきそうな気配だった。

「なんなのあなた」

「冗談みたいな性格だなてめーって三人に一人は言うね」

「冗談なら笑える性格になりなさいよ……」

安達《あだち》ちゃん母《はは》は宣言通り、さっぱり笑わない。この辺は娘と同じだ。

「桜《さくら》は、あなたの家によく行ってるのね」

「うん？　そうね、結構見るわ」

高校生になってから遊びに来るのは安達《あだち》ちゃんくらいだ。

昔は樽見《たるみ》ちゃんもよく遊びに来たんだけど、いつの間にか姿を見なくなった。

友達といると楽しいのに、ずっと一緒にいられないのが不思議であり世の流れであり、少し面白い。

「そう」

安達《あだち》ちゃん母《はは》が言葉を引っ込めるように短く終わらせてしまう。

「えー？　他になんか聞いてみなさいよ」

二の腕を叩《たた》いたり摘《つま》んだりしたら、「うぜー」と包み隠さず評価された。

「あの子のことは……よく分かんないのよ。考えていることも、感じていることも」

「……？　分かんないなら本人に聞いてみればいいじゃん」

私なんて聞いてもいないお気持ちを伝えたりもするぞ。多分その辺がウザがられている。

分かっているけど、取りあえず言ってしまう性分なのだ。

安達《あだち》ちゃん母《はは》はなにが意外だったのか、目を丸くしている。

「どしたん？」

「……んーん、別に」

安達《あだち》ちゃん母《はは》がそっぽを向くように、体の向きを変える。

「私はサウナ行くけど」

「バイバーイ」

あんな暑いとこ嫌じゃい。

小さく手を振ると「なにこの人」とはっきり言いながらも、少しだけ笑った。

それから。

「赤華《あつか》よ」

「島村良香《しまむらよしか》でーす」

名乗り合って別れた。名前を次回まで覚えていられる自信はない。

まぁ安達《あだち》ちゃん母《はは》でいいか。

「意外と縁があるものね」

ジムに長年通っているけど、知らないことはまだ多い。

帰ったら、うちの抱月《ほうげつ》に話してやろうと思った。

二章『AKIRA』

「お前は大して重要ではない」

ほーん、と最初に聞いた時は思った。中学一年の時だった。

「日野《ひの》の家というものを残していくためには、という話だぞ」

「んーまぁ、分かる分かる」

それくらいは家の形と、在り方と、自分を理解できる年齢にはなっていた。

「兄貴たちいっぱいいるしね」

四人もいる。数えるだけで片手が塞がっちゃうのだ。

「うむ」

向かい合って座る親父《おやじ》が短く頷《うなず》く。親父《おやじ》は基本、口数が少ない。表情は割と変わるので、無口と嚙《か》み合《あ》っている感じがしない。そして正座している親父《おやじ》はそれ以上、語ろうとしない。

こっちから話があったわけじゃないから、わたしも口を閉じたままになってしまう。

風呂《ふろ》入ろうとしたところで摑《つか》まったので、色々と中途半端《ちゅうとはんぱ》な気分だった。

「うむ」

親父《おやじ》はもう一度頷《うなず》いて、部屋を去った。そんだけかい、と胸中でぼやいて見送る。

「わっかんねー父親」

色々考えているのは表に出して、そして伝えようとしないのも隠さない。

さっさといなくなってくれたのは正直助かるけど。

広い和室に一人残されたわたしは、少し経《た》ってからその場に寝転んだ。

畳の匂いが背中から抜けてくる。目を瞑《つぶ》って、しばらく嗅いだ。

やがて自分の呼吸に合わせて上下する腹部を強く感じるようになってから、ぽつりと呟《つぶや》く。

「そんなこと言われてもな」

困ってしまうのだった。


「まぁつまり、家にはあんまいなくてもいいわけだな」

都合よく解釈してこたつに刺さっていると、向かい側の永藤《ながふじ》から「えー」と不満のお声が返ってきた。

「あきらちゃんの家好きなのに」

「どこがー?」

「広い」

広さを示すように永藤《ながふじ》が大きく腕を伸ばす。縦に。うちは一階しかないぞ。

「普通、横だろそういうの」

「んむ？」

永藤《ながふじ》はよく分かってなさそうだった。まぁ、いつものことだった。

平日の放課後は、直帰しないで永藤《ながふじ》の家に寄ることがほとんどだった。肉屋を営む永藤《ながふじ》の家はわたしにとって居心地がいい。こたつを真ん中に置いただけで大半が埋まる小さな空間が性に合っているみたいだ。うちに狭い場所はない。なんでトイレまであんなに広いんだろう。

永藤《ながふじ》は寒くなったのか、腕を下ろしてこたつに深々と埋まる。いつもぼーっとしている顔つきだけど、暖まると三割増しで緩んでいるように見える。今は眼鏡を外しているから余計に昔と重なって見えるのかもしれない。

中学生永藤《ながふじ》は眼鏡をかけるようになっていた。こたつに放っておかれている眼鏡を取って、かけてみた。世界が途端にぼんやりとする。永藤《ながふじ》はこんなに目が悪くなっていたのか。

「お前目が悪くなるようなことしてたっけ」

「ふ、勉強のしすぎさ」

「嘘《うそ》つけ」

でも永藤《ながふじ》の方がテストの点数はいいのだった。

「あきらちゃんは眼鏡似合わないな」

「そうか？」

言われたので外す。永藤《ながふじ》は眼鏡のないわたしに満足するように笑う。返すようにこたつに置くと永藤《ながふじ》が眼鏡のフレームを指で弾《はじ》く。「おぉう」勢い良すぎてこたつから落ちそうになっていた。

なにがしたいんだこいつは、とちょっと笑う。

こたつの中の足と同じくらいの暖かさが、胸の近くに移った。

中学一年生の冬、十三歳に慣れてきた今日この頃。最近のわたしはあきらちゃんだったり、日野《ひの》だったりする。中学生になってからの話だ。かくいうこいつも、永藤《ながふじ》だったりたえちゃんだったりする。場所や人によってころころ変わる。

大人になるってこういうことだろうか。

「おじさんはまだ働いてんだな」

店の表から聞こえてくる物音に安く感心する。肉屋を営む永藤《ながふじ》家には、わたしの家とまた違う騒々しさがある。家に染《し》み付《つ》く香ばしい匂いも慣れると心をくすぐるものだった。

「お前は手伝わなくていいのか？」

「役に立たないと太鼓判押されました」

「経営者見る目あるなー」

実際、手伝うと言っても永藤《ながふじ》になにを任せるのか。接客なんてできるようで正反対だぞ。

「うーん……」

テレビに目が行っている永藤《ながふじ》を見つめる。眠そうなぼんやりした目もとは出会った頃からそのままだ。この表情でいい加減な発言が飛び出すものだから、周囲から色々誤解されてきた。

誤解じゃない部分もあるけど。

その永藤《ながふじ》のお母さんが部屋を覗《のぞ》く。

「アキラちゃん、お迎え来てるわよ」

「えー」

大げさだな、と溜息《ためいき》交じりに顔を上げる。

「そろそろ帰ろうと思ってたよ、なぁ？」

永藤《ながふじ》に同意を求めると、「なに、もう帰る気だったのか」と本気で驚いていた。めんどい。

「半分くらいは本気だった」

「早く全身冗談になりなさい」

自分の発言にまるで責任を持たない永藤《ながふじ》は、その場の勢いに流されすぎる。

立ち上がるついでにテレビの上の時計を見ると、まだ六時にもなっていない。もう一度、息を吐く。

永藤《ながふじ》ものそのそとこたつから出てきた。小学六年生の後半あたりから、並んで立つと目線が揃《そろ》わなくなってきていた。わたしはまだ小学生やっている感じの高さなのに、永藤《ながふじ》はもう中学生として出来上がっている気がする。

「どうかした？」

視線を感じて、永藤《ながふじ》が首を傾《かし》げる。「別に」とごまかしたら、今度は永藤《ながふじ》がこっちを覗《のぞ》き込《こ》んできた。背丈相応の威圧感に迫られる。そうして見つめ合って、眼鏡を外したままであることに気づいた。永藤《ながふじ》は家に帰ると眼鏡を使わないのだろうか。教室では外す様子を見ない。

「なんだよ」

「日野《ひの》を見てるだけ」

じっと、永藤《ながふじ》の瞳がわたしを捉えて離さない。

本当にそれだけしか意味がないのだろうと思った。だから、少し照れる。

永藤《ながふじ》は表まで見送りに来た。店の脇から表通りへ抜けると、見慣れた車が横付けしていた。店先のおじさんに挨拶してから車へ向かう。永藤《ながふじ》ものったのったついてくる。

「…………」

「さぶさぶ」

「お前は車乗るなよ」

もしかしてと思って制すると、永藤《ながふじ》がぴたっと止まった。

「丁度いいから泊まろうと思ったのに」

「よくねぇ」

永藤《ながふじ》の肩を押し返す。が、あまり動かない。昔は押せたのに生意気な。

「たりゃー」

逆に永藤《ながふじ》がわたしを持ち上げてきた。間の抜けたかけ声相応に、簡単そうに。

「おい離せ」

「んー、日野《ひの》痩せた？」

永藤《ながふじ》が首を傾《かし》げる。うちの食事を考えれば痩せても不思議じゃないけどそういうことではないだろう。

「もしくは小さくなった？」

「ぶっ飛ばすぞテメー」

お前が大きくなったんだよ、と内心で毒づいた。

そしてこんなやり取りを、これからずっと続けていきそうな予感がした。

「またあしたー」

「おう」

後部座席に乗ってから、ドアを閉める前に永藤《ながふじ》と挨拶する。永藤《ながふじ》はこちらを向いたまま後退していく。道路を渡るのに危ないことをするやつだ。案の定、店に戻ったらおじさんに周り見て歩けと怒られていた。

そのやり取りを眺めて、つい吹き出す。

それから、黙って待っている運転手に声をかけた。

「いやちゃんと帰るつもりだったよ」

「もう暗いですから」

うちに長く勤めるお手伝いさん、江目《えのめ》さんが、割烹着《かっぽうぎ》のまま運転席に収まっている。

微《かす》かな灯《あか》りに映るその人の髪は、やや赤色を帯びているように見えた。

「お嬢様は」

「やめてくれー」

耳を塞ぐ。いつからだろう、そんな風に呼ばれるのがたまらなくむず痒《がゆ》くなったのは。

「お嬢様やめて」

「どう呼びましょうか」

車を発進させながら、江目《えのめ》さんが確認してくる。

「なんでもいい」

「ではアキラ様で」

「……わざと言ってるな？」

ミラー越しに、江目《えのめ》さんが微笑《ほほえ》むのが見えた。歳《とし》の割に、笑顔は幼い。

「母さんに頼まれたんだろ？」

「はい」

あっさりと認める。

「奥様が、遅くなるなら連絡が欲しいと言ってたわ」

「遅くって言ってもまだ六時にもなってないよ」

「冬の六時は夜ですから」

確かに車の向こうには真っ黒いものしか浮かんでいない。永藤《ながふじ》の家から離れて道を曲がると、街灯の数もぐっと少なくなって深海に飛び込んだように視界が塞がる。今、窓を開けて手を伸ばせば暗闇そのものに触れられるように思えた。

「もうそんなに子供じゃねーんだけど」

「まだ半分以上子供」

わたしの年齢を倍にしてもまったく追いつけない人からすれば、そんなものかもしれない。昔から世話してもらって、遊び相手になってもらっていたこともあるから江目《えのめ》さんには強く出られない。

話を少し変える。

「行き先、言ってないのによく分かるな」

「他に行くところなんてないでしょう？」

「ないけどさ……」

なんとなく見透かされているようで面白くない。でも無理して他に行ったところで、そこに永藤《ながふじ》はいない。それなら反抗したって意味がない。とまぁ、それくらい思う程度にわたしの人生というものには永藤《ながふじ》が関わっていた。

思えば保育園初日以来の付き合いだ。なんであいつとそんなに気が合ったのだろう。そして、いつからそうなったのか。思い出そうにも、あいつと会わなかった日なんて旅行の時くらいしかないから、絵面《えづら》に変化がなく。区別するのは大変だった。

「結局、あの家に帰るしかないんだよな……」

確かにそれは子供かもしれない。自分の家なんてない。あるのは親の家だけだ。

「あら、帰りたくないの？」

自動車が信号に引っかかって止まる。そうだよと言ったら、車から蹴り出されるだろうか。

そうしたらわたしは永藤《ながふじ》の家に戻って……いつか、そこからも追い出されるのだろう。

現実は、わたしに別の居場所を都合よく与えない。

「家には特に必要ないって言われたけど」

江目《えのめ》さんがこっちに振り向いた。止まっているとはいえ、運転中だぞ。

「誰に？」

「父上殿」

「あらあら」

江目《えのめ》さんはすぐに前へ向き直る。

「そういう意味で言ったんじゃないのは分かってるよ」

「う―んどうかしら」

江目《えのめ》さんが曖昧に笑う。そこは柔らかく肯定するところじゃないのか、おう。

思春期の心をぐりぐりとえぐってはいけない。

「まぁ旦那様は言葉が足りないのは事実ね」

「それね」

全部説明しろとは言わないけど、もう少し話さないと国語のテストになってしまう。しかも出題者が採点さえしないのだ。家族間でそんな試験ばかりしていたくない。

以心伝心とはいかないのだった。

江目《えのめ》さんが話題を流すように、穏やかに話しかけてくる。

「帰ったらすぐ晩御飯だから」

「あーそうだ……永藤《ながふじ》の家で食べて帰ろうと思ったのに」

「ご飯もご不満？」

分かっていて江目《えのめ》さんが聞いてくる。

「家《うち》の味付けはあんまり好きじゃないんだ」

薄いから。味がしないわけではないけれど淡泊で、こぢんまりと纏《まと》まっている。

どの料理も、噛《か》んでも染《し》みてくるものがなかった。

「ごめんなさいね。濃い味付けは奥様が苦手だから」

「知ってる」

ついでに言うと兄貴たちも薄味に慣れ切っている。親父《おやじ》は、どうだろう。食事時は黙って箸を動かし続けて、さっさと食べて去ってしまう。うまいだのまずいだの聞いた例《ためし》がない。

しかし、それにしても。

「江目《えのめ》さんって、母さんのお願いしか聞いてなくね？」

時々、そんなことを思う。

「そんなことないわよ」

江目《えのめ》さんは涼やかに否定してくるのだった。

車の中でじっとして、少しまどろんでいる間に家に着く。車を降りて、玉砂利を踏む。

わたしの家は、一般的なそれと比較すると大きい。子供みたいな感想だとそうなる。駅前に新しくできたホテルよりも広大な敷地に、和風庭園の趣を詰め込んだような家だ。

永藤《ながふじ》の家が庭に何個収まるだろう。聞いたら、永藤《ながふじ》は真面目に計り始めそうだ。

メジャーを持って……いやあいつなら定規だな、と想像してちょっと笑う。

頬は動きに合わせて冬の空気をなぞり、寒気に身が震える。

「お帰りなさい」

玄関先に早足で向かった江目《えのめ》さんが、改まるようにわたしを出迎える。

「……ただいま」

十三歳のわたしは、そう返すしかなかった。

誰かが仕組んでいないとしたら、どれくらいの確率なのだろう？　学校で永藤《ながふじ》と一緒に給食を食べながら、ふとそんなことを考える。永藤《ながふじ》とはこれで七年続けて同じクラスだ。小学校では二年ごとにクラス替えがあったから、変わったのは通算だと四回か。そこまで低い確率ではないようにも思える。来年もまた永藤《ながふじ》と揃《そろ》って授業を受けているのだろうか。

「日野《ひの》やー」

永藤《ながふじ》が箸を振りながら呼びかけてくる。

「ぼーっとしてると箸まで食べちゃうよ」

「そりゃお前だけだ」

失敬な、と永藤《ながふじ》が憤慨する。その二秒後にはそんなことなんか忘れたようにもくもく嚙《か》み出《だ》す。

教室では例外なく日野《ひの》と永藤《ながふじ》だった。制服は、少しばかりわたしたちを背伸びさせる。

「永藤《ながふじ》はさ、将来的には肉屋継ぐのか？」

「ん？」

コッペパンにかぶりつきかけていた永藤《ながふじ》が一時停止する。

「んー」

一拍置いて永藤《ながふじ》が考え出す。目が横に泳いだので少しは考えているようだ。

そういうのは大体、ちょっと見れば分かるものだった。

やがて永藤《ながふじ》の目がこちらに戻ってくる。

「どうだろーね」

「……いや、本気で答えなくてもいいんだけどさ」

深い問いかけのつもりはなかった。少しそんな気分だったというだけの、他愛ない質問だ。

「んー、が」

中断していたパンを大きく齧《かじ》る。その永藤《ながふじ》に倣《なら》って、わたしもパンを手に取った。

付属のジャムとマーガリンをたんまり塗って、頭の悪い感じさえする濃厚な味を楽しむ。

とても口に合っていた。

給食を食べ終えて、片付けながら永藤《ながふじ》が尋ねてくる。

「あそこでお肉屋やってたら、日野《ひの》は毎日買いに来る?」

「そうだなー……コロッケなら買うかも」

「じゃあお肉屋もいいね」

永藤《ながふじ》の単純な結論に、こちらも釣られるように笑い声が漏れた。

そして、放課後。永藤《ながふじ》が机の前までやってくる。

「かえろーぜっ」

妙に明るい。ちなみに永藤《ながふじ》のこういうテンションの推移に意味はない。

「ああ、今日は行かね」

「うんうん行かないとね」

などと永藤《ながふじ》がわたしの腕を引っ張り上げようとする。

「いやそっちじゃねえよ」

日本語と永藤《ながふじ》が難しい。摑《つか》まれた腕を離せ離せとぶんすか振る。

「……今日は用事があるんだよ」

昨日、家に帰ってから母さんに念を押されるように言われてしまった。こういうのは珍しいことではないので、永藤《ながふじ》も驚かない。曇らない。水面のように、変わらない。

「家の用事かー」

「それ。面倒だけどな」

つい溜息《ためいき》が漏れる程度には億劫《おっくう》だ。用事と言っても、わたしのすることはない。

とても退屈だった。

「じゃあたまには部活行くか」

「……お前、何の部活に入ってんの？」

「秘密」

「あ、そう。じゃあな」

そそくさと帰ろうとする。が、背中の服と薄い肉を摘《つま》むように永藤《ながふじ》がわたしを止めてきた。

「おいもっと気にしなさい」

こっちもめんどくせーな。

「あーじゃあ……教えろよー、永藤《ながふじ》ちゃんよー」

どんな対応をするか悩んだ結果、よく分からないものに落ち着いた。

「んー、また今度ね」

「叩《たた》くぞお前」

などと、永藤《ながふじ》と少し遊んでから今日は真《ま》っ直《す》ぐ家に帰った。

竹林を通る頃、日は沈み始めて橙色《だいだいいろ》を竹に付与する。緑が深まり、森のような景観だった。竹の匂いは、冬には少し寒い。

家の前には数台、見知らぬ車が止まっていた。それと少し汚れた原チャリが玄関に横付けされていた。こっちは誰が乗ってきたんだろう。こういうのに乗ってくるお客さんなんて、うちとはあまり縁がなさそうだけど。

その間をすり抜けて玄関に向かう。

今日出迎えたのは兄貴だった。

「お、ちゃんと早く帰ってきたな」

兄貴は四人いるけど今家にいるのは四男だけだ。郷四郎《ごうしろう》という名の兄貴はわたしと大分歳《とし》が離れている。いやこれでも兄妹《きょうだい》では近い方か。一番上の兄貴なんて親子くらいの差がある。

わたしが生まれた時にはもう家にいなかったから、どんな人かもほとんど知らない。

恐らく、お互いに。

変な家だと思う。

兄貴はいつも通り和装に身を包んでいた。

「着替えたら離れの庵《いおり》に来てくれ」

「はいはい」

言いつけを済ませた兄貴は、わたしが靴を脱ぐより前に早歩きでどこかへ消えた。お忙しいのだろう。兄貴はこの家に向いている。規律正しく、背筋には定規でも刺してあるようなお人なのだ。別に仲は悪くないけれど、談笑するほどでもなく。

同じ家に住んでいる人、以外の関係性を見いだせないのだった。

部屋に戻って、鞄《かばん》を放って、吐き出す。

「あー、めんどくせ」

脱いだ靴下を壁に放り投げる。少し身軽になってから部屋の寒さに震えた。やるべきことが分かっているのに、部屋の中をうろうろ回ってしまう。頭が働いていない。

首から肩にかけて、ぞわぞわとしたものがまとわりつく。
焦《あせ》りと不快の混じった、どうにも休まらない感覚だった。で。

おめかししたわたしは、庵《いおり》の隅で大人しく座っているのだった。

格好と姿勢と立ち位置が雛祭《ひなまつ》りめいている。

家族仲良くお出迎えしているのは……知らない人たちだ。どれもいい大人で、身なりと気品と教養が超いい感じに備わっている……のだと思う。取りあえず着ている服は間違いなく高い。それくらいはこの家で暮らしていれば見分けがつくようになる。

日野《ひの》の家に必要な、お客様たちだ。

普段は寡黙な親父《おやじ》もこういう時はそれなりに対応する。笑い話を交えるのは無理でも、真面目に聞き手をこなして相手に合わせている。そんな姿を横目で見ながら、たまに適当な話を振られた時に愛想笑《あいそわら》いでえへえへ言っているだけの、簡単な義務。

家に必要のないはずのわたしがなんで、末席を飾らなければいけないんだろう。

首から上がかたかた震えて、いつかぽろりと転げ落ちそうだ。

お客さんにも若そうな人が一人だけいる。わたしと違い、真ん中に陣取っているその人は朱色の着物の丈を持て余しているようだった。幼く映るけど、わたしよりは大人なのだろう。今は妙に目を細めている。……小さな頭が舟をこぎ始めていた。

そしてよく見ると着ているのは浴衣《ゆかた》だった。

その人を周りは見なかったことにして、話が続く。内容はほとんど頭に入ってこない。授業よりも耳から遠い。正しく入ってこない音は、蝿《はえ》の羽音よりも雑音に近づく。

……あー。

心の嘆きの続きに呟《つぶや》きかけたそれを、なんとか呑《の》み込《こ》む。

その後は視界になにも映らないまま、ぼぅっとやり過ごした。

朱色の人は最後までほとんど寝ていた。

部屋に戻ったらすぐに和服の紐《ひも》を緩めて、着替えようとして、探すのが面倒になって倒れる。

床に倒れ込むと、また空気の温度が変わる。低い位置の空気は、すーすーとしていた。積もるように溜《た》まった、疲労に似たものが少し紛れる。立ち上がれなくなって、そのままでいた。

さっきのわたしは、おかしなことを思ったものだ。

帰りたい、と思ってしまった。

家にいながら、どこへ帰ればいいっていうんだ。

そうして、少し経《た》つと。

「絵になるわね」

様子を見に来た江目《えのめ》さんが、まずそんなことを言ってきた。

「絵？」

「崩した着物が映えてるわ、浮世絵みたい」

「そりゃすげー」

適当に感動する。江目《えのめ》さんはそのまま引っ込まないで、部屋の隅の箪笥《たんす》を開ける。その姿を目の端に捉えて、横着したまま話しかける。

「江目《えのめ》さんはさ」

江目《えのめ》さんはわたしの着替えを用意しながらこちらを向いた。

「母さんと同い年だっけ」

「ええ」

江目《えのめ》さんは母さんの同級生で、学校を卒業してからそのまま、この家へ住み込みで働くことを決めたそうだ。仲が良かった母さんは卒業後も会えることを喜んだと聞いた。

今も家の中で二人が話しているのをよく見る。そういう時は雇用関係を忘れて、仲睦《なかむつ》まじい友人同士にしか見えなかった。

「なんでこの家で働こうと思ったのさ」

「友達のコネで採用してくれると思ったからよ」

にっこりと、江目《えのめ》さんが言い切る。

「嘘《うそ》」

続きも言い切った。

「本当は、奥様が一緒にいてほしいと言ってくれたからよ」

「母さんが……」

「嬉《うれ》しかったわ」

綺麗《きれい》な石を並べて愛《いと》おしむように、江目《えのめ》さんが思い出を見つめて目を細める。

そういう顔を、たまにどこかで見ている気がする。具体的に、ぱっと出てこないけど。

「お客さんたちは？」

「もうお帰りになったわ」

ふぅん、と自分から聞いたのにどうでもよさそうな返事が漏れ出た。

さっき会ったばかりなのに、顔もぼんやりしている。

つくづく、そうつくづくわたしは。

「わたしは、この家に向いてないかもしれない」

正直な感想を、江目《えのめ》さんに伝えた。

「向いてない？」

「うん」

腕を天井に向けて上げる。中途半端《ちゆうとはんぱ》にずり落ちた着物の袖を見つめた。

「なんていうかさ……肩の位置がしっくりこない。いくら息を吐き出しても、少し浮いてしまっているような……落ち着かない気持ちになる」

それはこの家に居続ける限り、決して消えることはない。

脱ぎかけの着物を引き寄せるようにしながら、起き上がる。

「お願いがあるんだけど」

「なぁに?」

声色は、いつもより一層優しく聞こえた。多分、その方がわたしに都合いいから。

「一日、家出してみたい」

ただなんとなく願ったそれを、江目《えのめ》さんに言う。

なぜ、この人に言ったのだろう? 言ってから、疑問が追いつく。

思うに、この人とそういう距離感だからだ。家族には家族の、友達には友達の距離というものがある。そこから外れないようにするために、言葉だったり、贈り物だったり、無視だったり、見て見ぬふりだったり、色んなものが必要になっていくんだけど……まぁその辺はあんまり関係なく……この人は家族でも友達でもない、独特の距離にある。

だから、江目《えのめ》さんに相談できたのだろう。

「家出ね……」

「うん……」

子供みたいな提案を、大人に見つめられると気恥ずかしくなってくる。

そして、江目《えのめ》さんは膝を軽く叩《たた》く。

「じゃあ早速行きましょうか」

「え？」

「まずは家の方に許可を取らないと」

「えっ」

今度は疑問じゃなく素直に驚いた。江目《えのめ》さんは構わず、さっさか部屋を出ていく。

秘密の出発、みたいなのを想像していたので思っていたものから大分展開が逸《そ》れている。

「家出の許可を貰《もら》いに行くか普通」

やっぱりこの家は、普通ではないのかもしれない。

で。

「よく分からんが、分かった」

居合わせた兄貴の意外な反応だった。腕を袖に隠すように組みながら、生真面目に続ける。

「別段用事もなく、家を出ることが望みならそれもいいんじゃないか」

「はぁ……」

「許可できない日は……そうだな、来週の木曜は困る。それ以外にしてくれ」

用事がある日は家出するなって、冗談でなくそう言っている兄貴に思わず笑ってしまう。兄貴はなにがおかしいのかまったく理解できないらしく、小首を傾《かし》げている。

「もう一度言うが、よく分からん」

「兄貴はそれでいいんじゃないかな」

「うむ」

迷うことなく頷《うなず》く兄貴は、間違いなくこの家の子だった。

「奥様にはもう私から言っておいたわ」

用意してくると言って家の中をぐるぐる回っている江目《えのめ》さんが、通りかかってそう言ってきた。母さんはさすがにどう説明しても心配してくるだろうから、江目《えのめ》さんが代わりに話してくれて助かったかもしれない。心境とか、一から説明するのは面倒だしむず痒《がゆ》くなりそうだ。

「じゃあ残るは」

「ええ」

江目《えのめ》さんは笑うばかりなので、そっちには行ってくれないようだった。

やっぱり色々、母さん限定な気がする。

仕方ない、と振り向いて歩き出す。

「わたし家出するから」

最後に親父《おやじ》に直接言っておいた。

「えっ」

縁側で爪切り中だった親父《おやじ》が背を丸めたまま、無表情に驚く。驚いた？ 気がする。

珍しい。

「そうか」

　でもすぐにいつもの態度に戻った。親父《おやじ》はそれ以上、なにも言わなかった。

　もう少し深く聞けよ、と心の中でだけ思った。

　そんなことがあって、夕方。

　実に速やかに家出が始まろうとしている。荷物をしっかり車に積んで、家出？　と何度か首を捻《ひね》りそうになるところをぐっとこらえて、地平という底にまで沈み始めた夕日を眺めていると。

「おぅーい、日野《ひの》ー」

「げっ」

　リュックサックを背負った永藤《ながふじ》が小走りでやってきた。うちに遊びに来たのではなく、いかにも出かける気いっぱいである。勿論《もちろん》、わたしからは永藤《ながふじ》に一言も話していない。

「呼んでないぞ」

「呼ばれてないぞ」

　怒られた。なぜ？

「あ、嘘《うそ》。呼ばれた呼ばれた」

　永藤《ながふじ》がすぐにいつもの落ち着いた顔に戻って訂正する。確かに、呼ばれてないなら、何も知らないのならうちに来るはずがない。いや割と勝手に来そうだけど、いざ出発という段階で丁度姿を見せるのは具合がよろしすぎる。誰かが出発の時間でも教えないことには。

心当たりに気づいてそちらを見る。いつもの割烹着《かっぽうぎ》のままの江目《えのめ》さんが、微笑《ほほえ》み返《かえ》してきた。

「出かける用意をしただけよ」

「用意て」

「あなたに一番必要なものだと思ったから」

心がどん、と押されたように仰《の》け反《ぞ》る。紙を折り曲げるような線が一瞬走る。反発というものだ。わたしはそれに従ってなにかを言いかけて、でもそこに光明はなく、暗い地面に足をつけるような感覚しかないことを悟り、そうかもしれないと思い直して、黙るのだった。

かように、事細かい心理があるのである。

そんなこと絶対分かっていない隣の永藤《ながふじ》は満足げに、人の頭をぽんぽんと叩《たた》く。

若干イラっと来た。

けどさぁ。

「これもう家出じゃないね」

「家出より旅行の方が楽しいじゃない」

江目《えのめ》さんはあっさりとそんなことを言う。わたしはそれに対してまたなにか言いかけて、でも、そうかもしれないと結局思い直して黙って車に乗るのだった。

十三歳のわたしは家の力を借りて、足を大きく広げてどこかに行こうとする。

さぁ、どこに行こうか。

思いもかけないきっかけから、永藤《ながふじ》との旅行が始まった。小学校の修学旅行以来だろうか。あの時は京都に行った。流石《さすが》に車で京都は遠い。

「どちらへ向かいますか」

車を走らせながら、江目《えのめ》さんが行き先を尋ねてくる。今はどこへ向かっているのか。前方の景色は、まだ見慣れた町のそれだった。

「そうだな……」

正直、言った直後から家出が始まるなんて思いもしていなかったので案の一つもない。そもそも思っていたのと大分違う、と隣の永藤《ながふじ》を見る。永藤《ながふじ》は丁度、眼鏡を外すところだった。

「行きたいところあるか？」

「んー、日野《ひの》の家」

「アホ」

こいつ本当にわたしの家好きだな。やっぱりお互いに、生まれてくる家を間違えたんじゃないだろうか。でもうちの家に染まって背筋をしっかり伸ばしてはきはき受け答えする永藤《ながふじ》はあまり見たくなかった。それはわたしの知る永藤《ながふじ》ではないからだ。

永藤《ながふじ》のことで、知らないことが増えていくのは少し焦《あせ》る。

でも同じことばかりだと空気が淀《よど》む。

この辺、少し難しいよなーと思っちゃう。

「お前はな……海と山ならどっち行きたい？」

自分で手早く決められそうもなかったので永藤《ながふじ》に投げてみる。永藤《ながふじ》はあまり迷わなかった。

「海」

「ほぅ」

「の幸」

幸はいらねぇ。

「海に行きたいって」

江目《えのめ》さんは「了解しました」と肩を揺らした。いや分かるけどさ。

わたしの行き先を永藤《ながふじ》が決めるなんて、おかしな話だ。

どうせ、おんなじ方向にばかり歩いているけど。

「付き合ってもらってるけど、家の仕事はいいのかな」

「他にも家政婦はいますから。それに、私の分は奥様がやってくれるそうです」

「へぇ……」

「すごーい」

あん？

「母さん、家事なんてできた？」

「できない」

くっく、と前を向いたままの江目《えのめ》さんの笑い声が聞こえた。

本当に楽しそうな笑い声だった。

「くぇーっけっけ」

「対抗すんな」

奇妙な笑い声を漏らす永藤《ながふじ》はすぐ涼しい顔に戻って窓の向こうに目をやる。外にはまだ見慣れた景色が並んでいる。ここからどれくらい離れたらわたしは、日野《ひの》を薄れさせることができるのか。

「……ていうか、海ってどっちの方向に行くの？」

アテはあるのかと聞いてみる。うちから行くなら北か南にひた走るのだろうか。

「調べもしないで旅館を目指しています。まだ畳んでいないといいけれど」

「旅館？」

「昔泊まったお宿。海の近くだから」

「ふーん」

お宿という表現がなんとなく気に入った。

でも。

「……なくなってたら？」

「その時考えましょう」

江目《えのめ》さんは終始、動じることなく笑っている。

まぁ、家出なのに全部用意されて安定しているのもおかしいか。

そう思うことにして、シートに深く寄りかかる。

暗がりに包まれると、それだけで眠気に二の腕を摑《つか》まれるようだった。


結論から言うと、旅館はあった。

「ちがーう」

江目《えのめ》さんは驚いていたけど、どうも古くなったので建て直したみたいだ。

その江目《えのめ》さんが手続きを済ませるのを、ロビーの椅子に二人で座って待つ。永藤《ながふじ》はその間、終始にこにことしていた。

「そんなに楽しいか？」

「いいよねぇー」

微妙に受け答えが嚙《か》み合《あ》っていないけど、いつものことではある。

そうして部屋に荷物を置いた後、夜が訪れる寸前、海の様子を覗《のぞ》きにみんなで散歩に出た。冬の海を訪れるのは初めてだった。海といえば青と、そして夏がいつもその側《そば》に寄り添っていた。今この砂浜にはそのどちらもない。あるのは、永藤《ながふじ》の素直な感想だけだった。

「足がさぶい」

スカートの永藤《ながふじ》が小刻みに震える。日が沈みかけているところなので、余計に冷え込んでいるのだろう。永藤《ながふじ》はそれでも砂の音なり感触なりに見出《みいだ》したものがあるのか、はしゃいだように歩き回る。わたしは勿論《もちろん》付き合わない。江目《えのめ》さんも、夜の海に向き合っている。

その江目《えのめ》さんに、なにも聞かれはしないけれど、胸中を吐露する。

「家のことをちょっと考えてみたかった。でも、家にいたらそんな気分にはなれない」

無理に見つめても、反りの合わない部分に反発しか覚えないだろう。だから違う空気を胸いっぱいに吸えるような場所で、少しでも肩や頭を落ち着けられたらいいな、とそれくらいの動機だった。でも結果として、それは叶《かな》いそうにない。

「永藤《ながふじ》がいると、そんなの考えている暇がないな」

あいつ、ぼーっとしているくせに落ち着きはないから。それに振り回されて、こっちまで落ち着かなくなる。考え事の対極で、だけどあいつがいて良かったかもしれないと、夜の深まる海を前にしてそんなことも思う。ここに一人きりでいたら、きっと思考は穴ぼこになって、水が染《し》み込《こ》んで、沈んでいく。

「早めに切り上げて、お風呂《ふろ》にでも入りましょうか」

「そうする」

リードを外された犬のように砂浜を走る永藤《ながふじ》を、ぼぅっと目で追い続けた。

「で」

「ででで」

「なんでお前も入ってんの？」

旅館の部屋には備え付けの風呂《ふろ》なんてあるのだけど、こちらもなかなか立派な拵《こしら》えだった。

うちの風呂《ふろ》よりは狭いけど。

それはいいのだけど、その風呂《ふろ》に動く影は二つ。

わたしと永藤《ながふじ》だった。

「いいじゃない、大きいお風呂《ふろ》だし」

理由になっているのだろうか？　考えかけて、湯気に阻《はば》まれて、諦めた。

明らかに適当に身体《からだ》と頭を洗った永藤《ながふじ》は、早くも浴槽に飛び込んで溶けている。永藤《ながふじ》は風呂《ふろ》好《ず》きだ。うちに泊まる時も大抵、長風呂《ながぶろ》してはのぼせて部屋の隅に転がっている。

その永藤《ながふじ》がバタ足でもしているように、お湯を跳ねさせる音を背中に聞く。

子供の頃からの癖というのは、いくつになっても健在のようだ。

「アキラちゃんってさー」

「あー？　なんだー？」

「自分の家が嫌いなの？」

気づいてなかったんかい、と言いそうになる。

「あー、まぁまぁ」

永藤《ながふじ》だからな、とすぐ納得した。ので、適当に流す。

「あまり好きじゃないな」

「ふーん」

永藤《ながふじ》の相づちは、特に思うところのない時のそれだった。まぁ、他人事《ひとごと》だしな。

「ほほーぅ」

「いやなんも言わなくていいぞ」

風呂《ふろ》に浸《つ》かったまま頭使わせたら永藤《ながふじ》でものぼせそうだ。と、浴槽から出てくる音がする。

振り返ると、永藤《ながふじ》がぺったぺったとこっちにやってきていた。何か言う前に、わたしの真後ろに座ってくる。威圧感と、熱と、永藤《ながふじ》の肌の匂いが前のめりに背中を打った。

「頭を洗ってあげよう」

「なんで？」

疑問を返事の代わりとしたように、永藤《ながふじ》の指がわたしの頭皮をざくざくと刺す。

「いてぇー！」

半分は急に始まったことへの戸惑いをごまかすために叫んだ。残り半分は本心だった。

「おっと、思ったより髪と頭の距離が近かった」

「意味わからん……つーか、なんだ急に」

「まぁまぁ」

永藤《ながふじ》がじゃかじゃかと人の頭をかき回してくる。中も、外も。

「お前、下手だな！」

「人の頭だから加減が難しいのだ」

言われてみればそういうものかもしれない。わたしだって人の頭なんて洗ったことがない。となれば多少調整が利《き》かないのも当たり前だと受け入れるべきなのだろうか、と考えて正面の鏡に映る自分を見つめて、気づく。

「ていうか髪かき混ぜてるだけだろこれ。シャンプーくらい使えや」

「あ、忘れてた」

永藤《ながふじ》がだばだばとシャンプーを垂れ流してくる。直接、水やり感覚で。

前髪の生《は》え際《ぎわ》を抜けて、額を割るように流れてくる感触に目を細めた。

「お前な」

「痒《かゆ》いとこございませんか」

「目」

「痛かったら右手を上げてくださいねー」

「もういい疲れた」

思い付きを取りあえず口にする癖はどうにかならないのか、こいつは。

それからは永藤《ながふじ》も多少、力加減してわたしの髪を弄《いじ》る。泡でわたしの頭が膨れ上がる。時折、大げさなほど巨大な泡ができると、永藤《ながふじ》はそれを指で突っついて割り、ご満悦の様子だった。

「で、なにこれ」

「んー、意味なし。やってみたかっただけ」

「あーそうだな。お前はそういうやつだ」

まぁいいか、と永藤《ながふじ》の好きにさせることにした。やりたいことをやっているなら、永藤《ながふじ》は満足だろう。そして永藤《ながふじ》が満たされるというなら、それは大体の場合においてわたしにも悪くないことだと思える。

「永藤《ながふじ》っていうのは、おかしなやつだよな」

わたしのことを、わたし以外が決めて納得できるのだから。

「アキラちゃんは、私を永藤《ながふじ》って呼ぶようになったね」

お湯で頭を流しながら、永藤《ながふじ》が言う。

水の音が途切れるまで待ってから、答えた。

「お前だって、二人きりじゃないと日野《ひの》だ」

「うん」

それはお互いの距離が離れたのか、それとも立ち位置を意識するようになったのか。

ふにゃふにゃとしていた感情が、ほんの少し固まって。

もっと具体的な形になった時、そこでようやく正体と名前を見つけるのかもしれない。

永藤《ながふじ》に寄せる、気持ちの名前が。

「私だって色々考えてるんだぜぇ?」

「ほんとかー?」

「じゃあ今考えたやつ聞く?」

「今かよ」

ははは、と笑い声が響く。濡《ぬ》れた前髪を掻《か》き上《あ》げて、水を切るように軽く振った。

目もとのお湯を拭うと、日々に溜《た》め込《こ》んでいた濁りが少し晴れるようだった。

……で。

待てどもその考えとやらが来ない。

「言ってみ?」

鏡越しに永藤《ながふじ》と見つめ合う。永藤《ながふじ》は目をぱちくりさせた後、すたすたと浴槽に戻っていった。

「おい」

「忘れたから落ち着いてもう一回考えてみる」

「いや諦めろよ」

「確か、タコかイカが関係していたはず」

「お前がタコになるぞ」

呆《あき》れながら、その隣に沈む。

お湯の温かさは、永藤《ながふじ》との間に流れるものを形にしたようだった。


翌朝、トマトと永藤《ながふじ》がわたしを起こした。わたしの顔を覗《のぞ》き込《こ》み、陰を作っている。

「なんだお前」

果たしてわたしはどちらに向けて言ったのだろう。両方か。

「モーニングコールです」

「頼んでねぇ」

まぁいいや、と身体《からだ》を起こそうとする。が、永藤《ながふじ》が邪魔だった。

「おい」

「なぁに」

「顔当たる」

このまま起きると鼻がぶつかり合う、それくらいの位置に永藤《ながふじ》がいる。しかもじっとしている。仕方なくわたしがずれて起きてやろうとしたら、永藤《ながふじ》は正確に人の頭の上を追ってくる。

「うぃーん」

ムカつく。

「寝起きにわけ分からん遊びに付き合わせるな」

「日野《ひの》が起きるまで暇だったから」

「理由になってるようで、なってない」

しっし、と手で払うと永藤《ながふじ》が転がるように退いた。そこでようやく起き上がる。窓の向こうに光が見えていたから、極端に早い時間帯でもないだろう。

「あと日野《ひの》よ」

「あん?」

「トマトと思っているみたいだがこれはリンゴ君だ」

永藤《ながふじ》が得意げにひっくり返すと、寄り目のリンゴ君が『やぁ』と挨拶してきた。

「うるせぇ」

「ぼくながふじさんだよー」

「そこはリンゴ君になれよ」

　着替えてから、さて帰るまでどうしようと思案に暮れる。くれていると。

「釣りでも行きませんか」

　どこかへ行っていて部屋に戻ってきた江目《えのめ》さんが誘ってくる。釣りねぇ、と海を一瞥《いちべつ》する。

「やったことないや」

「釣ったのを食べたことならあるぜ」

　若干得意げな永藤《ながふじ》は無視して悩んでいると、江目《えのめ》さんが微笑《ほほえ》んだので、なんとなくそれを理由にやってみることにした。どうせ、他にやることもないのだ。

　何しに来たんだろう、と今更になって疑問が湧いた。

　朝ご飯を食べた後、江目《えのめ》さんに連れられて防波堤の方まで歩いた。途中で永藤《ながふじ》は眼鏡をかけ忘れてきたことに気づいて、でもわたしを見たら「いいか」と戻るのを止《や》めたのだった。

　昨日と違い、雲は多めながらも晴れ間が時折見える。でも結局、寒い。

　海に近づいていくとやっぱり、風が凍る。今なら氷の粒が線を描いて、風の流れが見えるんじゃないかっていうくらいに。それでも釣り人をぽつぽつと見かける。釣り人は、風の中を寡黙に、じっと海を見据えていた。わたしもまた、隣人のように並ぶ海に自然、目が行く。

　遠くに、小さな漁船が波に揺られるように海上を進んでいるのが見える。

　見たこともないはずなのに、どこか懐《なつ》かしさを感じさせる距離だった。

　人のいない場所まで移動してから、江目《えのめ》さんに用意してもらった釣り竿《ざお》を受け取る。持ち方、使い方とほとんど知らないわたしに江目《えのめ》さんが丁寧に指導してくれる。

「釣り好きだったんだ」

「ううん、前に教えてもらったのをそのまま言ってるだけ」

独りでに羽ばたくように暴れる髪を押さえながら、江目《えのめ》さんが言う。

前か。前に泊まった時もこうして釣りに興じたのかもしれない。

同じく説明を受けた永藤《ながふじ》と少し距離を置いて、釣り糸を海に垂らす。水入りのバケツは用意したけれど、とても釣れる気はしない。でも万一釣れたら、持って帰って食べるつもりだった。

わざわざ釣っておいて、海に投げ返すのも二度手間というか……おかしな話に思えた。

「捕まえるならアナゴがいいな」

釣《つ》り竿《ざお》を意味もなく揺らしている永藤《ながふじ》が獲物を見定める。多分、なにも見えていない。

「アナゴねぇ……いるのか？」

防波堤の端から海を見下ろす。川よりも深いそこから、魚の息遣いは掬《すく》い上《あ》げられない。

「いないならウナギにしよう」

「……なにが食べたいかは大体察した」

恐らく、永藤《ながふじ》の望みは叶《かな》わないだろうことも。

そして、十分後。

永藤《ながふじ》はじっとしているのに飽きたらしく、釣《つ》り竿《ざお》を江目《えのめ》さんに預けてその辺をうろついていた。こうなると思っていた。その江目《えのめ》さんは釣り糸を垂らすこともなく、わたしの側《そば》にいる。

「意外と気の短い子みたいね」

「なのかなぁ」

短気ともまた違うのだけど、上手《うま》く言い表すことができない。その永藤《ながふじ》が、視界の端っこでなにかを拾っていた。なんだありゃ、壊れた換気扇？

いやよく見ると扇風機の羽根……違う、ブーメランか。誰かが遊んで忘れていったのかもしれない。永藤《ながふじ》は拾い上げたそれに極端に顔を寄せる。眼鏡をしていないから見えないようだ。あいつあんなに目が悪くなっていたんだなーとそんなことを思う。変なものを拾っていたらどうするつもりなんだ。認識が終わったらしく、ブーメランの汚れを拭うように払った後、てってってと人のいない方へ走っていく。何をするつもりかと眺めていたらそのまま、ブーメランを放り投げる。

スナップを利《き》かせて投擲《とうてき》されたそれは、特に飛距離もなく曲がることもなく地面に落ちた。投げたはいいけどさして心得があるわけでもないらしい。

永藤《ながふじ》は落ちたそれを走って拾いに行く。フリスビーを追いかける犬のようだった。

まぁ、あいつはほっとこう。

「寒くないですか？」

江目《えのめ》さんが気遣ってくれる。言っている本人の方が胴と袂《たもと》を震わせていて寒そうだ。

「寒い。でも慣れたのか少し気にならなくなった」

それはようございます、と江目《えのめ》さんがおどける。海を前にして、割烹着《かつぽうぎ》で立っている様は不思議と絵になる。肩にかけた羽織《はおり》がばたばた煽《あお》られて、なんだか物語が始まりそうだった。

江目《えのめ》さんは、釣《つ》り竿《ざお》ではなく船をずっと目で追っていた。

「前に泊まりに来たのって、一人？」

江目《えのめ》さんは結婚していない。過去を全部把握しているわけじゃないけど、少なくとも今は。

「奥様と一緒。結婚する一週間くらい前だから、随分と昔になってしまったわ」

海に漂流する思い出へ記憶を馳《は》せるように、江目《えのめ》さんが水平線の彼方《かなた》を見る。

母さんと一緒か。なんとなく、そうなんじゃないかと思っていた。

「旅行に行こうって言ったのは江目《えのめ》さん？」

「ううん、奥様」

「そっちは意外……でもないか。結構旅行好きだし」

長期の休みになると、家族で海外旅行することも珍しくない。家族というと正に勢揃《せいぞろ》いで、上の兄貴たちのご家庭まで集う大所帯なのだ。パック旅行の団体に間違われかねない。

わちゃわちゃして正直落ち着かない。でも母さんは、そういう雰囲気が好きなのだろう。

「その時も釣りをしたんだ？」

「ええ。奥様がやってみたいって言うから」

「なにか釣れた？」

江目《えのめ》さんの首が緩く横に振られた。

「釣れなくて寒くなって、結婚式の前に風邪をひくといけないから早めに退散したわ」

「ふぅん」

「そして旅館に帰って魚フライを食べて、実質釣ったことにしたの」

「……なってるか？」

まるで永藤《ながふじ》が提案しそうな行動だった。実は永藤《ながふじ》くらいのおとぼけさんは世間的に普通なのかもしれない。今のところ、あれほどすっとぼけてるのは永藤《ながふじ》本人しかお目にかかったことがないけれど。

「そうして釣りをしている姿を見ると、奥様に似てきたように思うわ」

「……そうかな」

わたしと母さんは多分一般的な母子よりも歳《とし》が離れている。その年齢差は、お互いの外見から似ている部分を少しずつ、時間で覆い隠してしまうように思う。だから、自分ではなかなか見つけられない。両方を見比べられる江目《えのめ》さんだから、そういうのが分かるのかもしれなかった。

「……………」

しかし、奥様か。昔はそんな呼び方じゃなく、きっと名前で呼び合っていただろうに。

江目《えのめ》さんの口にする奥様に、いつだって淀《よど》みはない。

「江目《えのめ》さんは母さんと一緒にいられて満足してる？」

釣《つ》り竿《ざお》はうんともすんとも言わない。つい、無駄に揺らしてしまう。

船を見ていた江目《えのめ》さんがわたしに振り向き、流れる髪と共に柔らかく小首を傾《かし》げる。

「勿論《もちろん》しているけれど……どうかした？」

言うべきか、迷う。それは内容を上手《うま》く消化して、纏《まと》められていないからだ。

そんなものを投げ渡されても、受け取る方が迷惑だろう。

でも、出かかったそれは結局、表に零《こぼ》れ落《お》ちる。強い冬の風が、そういう流れを生んだ。

「なんていうか……上手《うま》く言えないけど、母さんは親父《おやじ》と結婚したから……」

本当に、自分の中に浮かぶものが繋《つな》がっていない。母さんと江目《えのめ》さんは一緒にいるのが当たり前なくらいで、他の人と比べても特別な相手で、でも親父《おやじ》と結婚して家庭を作って、それで今も一緒にいて……それは、永藤《ながふじ》がもしも他の誰かと過ごすことを、わたしより優先してしまったら、という感覚に近いものがあって……靄《もや》が、とても大きく広がって収束しない。

そんな気持ちと問いかけを、一つの小さな箱に収めることはとてもできなかった。

「そうねぇ」

言った本人が摑《つか》み切《き》れていない、言わんとするところを江目《えのめ》さんに分かるものだろうか。

江目《えのめ》さんは頰に手を当てて、乾いた手の甲に血管を浮き立たせる。

「ずっと一緒にいる方法としては、これが現実的だって話し合ったの」

釣り糸が、張り詰めるように引っ張られたように錯覚した。

「奥様は日野《ひの》の家を離れて生きていくことはできないし、あの家を残していくには相応の決まり事は避けられなくて……そこはね、前提条件みたいなものだった。最初に出会った時からね」

始まりを振り返るように、江目《えのめ》さんの横顔は郷愁に満ちて緩む。

きっと、いい思い出ばかりでいつ思い返しても満足できるのだろう。

母さんの話をする時、母さんと話す時、江目《えのめ》さんは、そんな顔をしているからだ。

「それは日野《ひの》の人間としての決定。でも、奥様自身の願いは確かに、私と共にあることを求めていた。それがなにより嬉《うれ》しかったから、満足してる」

「……そっか」

返事をするまでの間に浮かんだのは、なぜか永藤《ながふじ》の顔だった。

別にちょっと周りを見ればすぐ見つかるだろうに、頭の中にまであいつがいた。

忙しいやつだな、と小さく笑う。

その笑いは、次第に薄暗く冬を帯びる。

「母さんは、そういう感じで」

「うん？」

「母さんと違って、わたしは、日野《ひの》の家を残すには必要ないらしいんだ」

兄貴いっぱいいるし。

「うん」

「じゃあわたしって、なんだろう」

いっぱい兄貴が生まれて、最後に家にやってきたから。

どんな理由でわたしは、日野《ひの》の家に引っかかって留《とど》まっているのだろう。

「それは自分ではなく、周りの人間によって変わるものなのよ」

江目《えのめ》さんは、今度は考え込む様子もなくぱっと答えてくれた。

「私からしてみれば、あなたは大切な人の子供。だから大事にしたいし、優しくありたいし、友好的な関係を築きたいとも思う。……それでは不満かしら？」

「いや……」

なにを言えばいいのか、言葉にならない。そして中途半端《ちゅうとはんぱ》な声は、風に呑《の》まれていく。

江目《えのめ》さんは努めて穏やかに、けれど一度として海の音にかき消されることもなく、その声をわたしに届ける。

「自分が何者かなんて、深く考えなくていいのよ。周りの人間が割と勝手に決めてくれるから。それがどうしようもなく不満だったら、その時に動き出せばいい」

「……ふぇー」

思春期全開なお悩みを、丁寧に処理されてしまう。

大人ってすげーや、と脱帽しそうだ。

親父《おやじ》と比較したら、酷《ひど》い差がありそうだった。大人をやってるのも玉石混淆《ぎょくせきこんこう》か。

「江目《えのめ》さんって話し上手だね」

「旦那様と比べたら誰でもそうよ」

「ごもっとも」

「なんか釣れたかーい？」

周辺を歩き回っていた永藤《ながふじ》が戻ってくる。丁度、話の区切りがついたのを見計らったのだろうか。まさかな、とすぐに否定した。永藤《ながふじ》はそういうやつではない。

そして拾ったブーメランをまだ持っていた。

「釣果《ちょうか》はと」

永藤《ながふじ》が青いバケツを覗《のぞ》き込《こ》む。勿論《もちろん》、水面は穏やかに広がっている。

そのバケツを永藤《ながふじ》がガタガタ揺らす。

それから、ぽん、と人の肩を気安く叩《たた》いてきた。

「ま、初心者なんてこんなもんさ」

こういうやつだった。

「お前の足バケツに突っ込むぞ」

「おお、その手があったか」

人の返しに永藤が感心する。いや冗談だろ、と思ったらバケツの脇に屈む。じっと覗いて、試すように右の人差し指を水に浸《つ》ける。すぐに引っ込めて、指をぷらぷらと振った。

「ひじょーに冷たいからやめとこう」

「今日は賢いなお前」

「魚はがんばってるな、こんな冷たい水の中で生きてるなんて」

「……ついでに優しいじゃねーか」

皮肉の利《き》きが非常に悪い永藤《ながふじ》はさしたる反応も見せない。立ち上がって、人の髪を摘《つま》んだり背中を叩《たた》いたり肩を押したりと分かりやすく暇潰しを始める。

「邪魔」

「日野《ひの》がぼーっとして退屈そうだったから」

「……お前に、釣りは一生理解できそうにないな」

わたしだってまだ分からんけど。

結局釣れはしなかったけど、釣り糸は、なにかに引っかかったような気もする。

それから時間が来て、帰る前にふと振り返り。

海のように。

同じ場所でも時間が変われば、別のものを感じられる。

わたしはずっと、永藤《ながふじ》とそういうものを感じてきたのだと思った。

「先に精肉店に寄りますか？」

「あ、いーですいーです」

車内で珍しく永藤《ながふじ》が遠慮するから、少しは大人になったのかと感心する。

帰り道の話である。

「遠慮しなくていいぞ」

「？　しないけど」

永藤《ながふじ》がなんの話か分からないように目を丸くしている。

話が通じてない気がして、いや永藤《ながふじ》はいつもそうなんだけどと思いつつ困惑する。

その意味は、うちの前に車が止まってから分かった。

「さて続けて日野《ひの》の家に泊まるか」

「いや帰れよ」

人の話を聞かない永藤《ながふじ》は車を降りると、すぐにわたしの隣に並んでしまう。

「え、本当に？」

「ハシゴだぜっ」

得意げになっている意味が分からない。江目《えのめ》さんは側《そば》でやり取りを聞いて笑っているだけだ。

「……まー、いいけどさ」

どうせ日曜だし。永藤《ながふじ》が帰ったら、きっとわたしはどう過ごすか悩んでいただろう。

そんなこんなで、三人揃《そろ》って家に入ると、出迎えたのは想像の中で一番意外性のある、親父《おやじ》だった。

「ただいま帰りました」

江目《えのめ》さんの報告を受けて、親父《おやじ》が顎を引く。

「話がある。ちょっと来い」

それから挨拶も抜きに、いつも通り淡々と言ってくる。離れる足取りも静かなものだ。

「あー……」

既視感のある展開だ。

「じゃあちょっと行ってくるか……」

江目《えのめ》さんを一瞥《いちべつ》しながら呟《つぶや》く。まぁ、家出に怒っているとかそういうのじゃないだろう。

もう家出じゃないしこれ。

「荷物はお部屋に……」

「うん」

江目《えのめ》さんに鞄《かばん》を預ける。肩だけ軽くなってから、靴を脱ぐ。

前を向くと、朝風呂上《あさぶろあ》がりの少し濡《ぬ》れた髪の感触が頬をなぞった。

すったかすったか。

「ほうほう」

すたすた。

「お前は来なくていいんだよ」

いるとお話にならない、色んな意味で。

永藤《ながふじ》の腹を押し返す。そして江目《えのめ》さんが後ろから脇に腕を入れてがっちり身柄を確保した。

「うぉー、私が無実だー」

永藤《ながふじ》は無意味に暴れたものの、特に抵抗は実りなく連行されていった。

結果、預けた荷物は廊下に置きっぱなしになった。自然に二度手間になるやつだ。

「……なんなんだあいつは」

特に楽しくもなさそうにゆるキャラやっている感じの存在である。

なんとも言《い》い難《がた》い余韻に浸りながら、親父《おやじ》の後を追って奥の部屋へ向かった。

親父《おやじ》はこの間と同じように、折り目正しく座ってわたしを待っていた。視線だけがこちらに動いて、着席を促す。そうしたいかつい顔つきを見ていると、兄貴たちはみな一様に親父《おやじ》に似ていた。わたしはというと、母さんにあまり似ていないように思う。

母さんは純粋たる、日野《ひの》の家の子だからだろうか。

親父《おやじ》の前に座ると、意外にも、まず世間話めいたものを振ってきた。

「楽しかったか？」

無駄話なんてろくにしない人だから、少し驚く。

「うん、楽しかった」

外はあまり出歩かなくて、永藤《ながふじ》とぐだぐだやっていただけだけど。

結局、わたしはそれを一番に求めているのかもしれない。

そういう風にここまで生きてきてしまったから。

「そうか」

親父《おやじ》は自分から聞いておいて、話を広げる素振りもない。良かったも悪かったもない。

まぁそう続けても、その一言で結局終わるのは目に見えていた。

「で……話って？」

待っててくれと頼んだわけじゃないが、多分永藤《ながふじ》が待っている。

「うん」

親父《おやじ》はそうやって小さく頷《うなず》いた後、わたしに向けて目を細める。

「母さんに怒られた」

「……え？」

「なんというか……言葉が足りなかったらしい」

親父《おやじ》が珍しく、弱音を吐くようにしょぼくれながら目を瞑《つぶ》った。

そういう時の顔は、四男の兄貴に似ていた。

「だから、もう少し話すのだが」

「はぁ」

「子供の中では、お前が一番俺に似ている」

正直、この段階でも言葉が足りないというか……なんの話だろうと思う部分もあり、いや似ているかと向き合いながら首を傾《かし》げたくもなる。

「そうかな」

「この家に馴染《なじ》めないというところがな」

親父《おやじ》が飾り気なく指摘してくる。こちらは服が肩からずり落ちそうになって、でも親父《おやじ》はお構いなしだ。

「お前に話したか覚えていないが、俺は元々日野《ひの》の家の人間ではない」

「ああ……なんだっけ、婿養子?」

「みたいなものだ。経緯は少し違うが、まぁ、どうでもいい」

説明を面倒くさがるようなところは、確かにわたしに似ているかもしれない。

「俺は日野《ひの》の家のために生きた。良《い》いとか悪いとかではなく、それで納得している。肩は凝るし、飯の味は薄いし、愛想笑《あいそわら》いは辛《つら》いが、自分でこういう生き方を選んだのだと思えば文句もない」

淡々としているようで、味の部分だけは声が少し荒くなった。

思わず、噴き出しそうになる。

でも今はとても真面目な話をしているのだった。

「だから、お前も納得できるように生きてほしい」

「………………………」

無骨な、どこにでもありそうな、ありふれた教訓。

多分、親父《おやじ》なりにめいっぱい考えて伝えたのだと思う。

だからわたしはそれを、ちゃんと受け止めなければいけないと思った。

「分かった」

ん、と親父《おやじ》の声が少しだけ跳ねたように聞こえる。

「話はそれだけだ」

立ち上がった親父《おやじ》が頭を掻《か》く。

「ちゃんと話したと母さんに言っておいてくれ」

念押しするように言い残して、親父《おやじ》はさっさといなくなった。

いや自分で言えよ、と独り呟《つぶや》く。

「なんだかなぁ……」

脱力する。ちゃんとの意味分かってるのかよと言いたいような気さえした。

分かるけどさ、と小さく付け足して。

「親父《おやじ》に似てたり、母さんに似てたり……どっちなんだよ」

なんてことを呟《つぶや》いて、どっちもか、と悟る。

どっちにも似ていて当たり前なのだ。わたしはあの人たちの子供だから。

日野《ひの》の家の子なのだから。

その場に寝転びかけて、傾き、やっぱやめたと腹に力を入れて起き上がる。

待たせているやつがいることを思い出して、わたしも足早に部屋を出た。

途中、足音のせいで誰かに廊下を走るなと注意された気がしたけど、止まらなかった。

「あ、おかえり」

部屋に戻ると、永藤《ながふじ》が荷物を整理していた。今日の着替えを用意しているみたいだ。

最初からうちにも泊まるつもりだったのか、本当に。

「日野《ひの》パパ怒ってた？」

「いや別に。あの人が怒ってんの見たことないな」

笑いもしないけど。激しい感情とは無縁の人なのだろう。

そんな人でも食事の味の薄さには文句を持っていそうなのが、少しおかしい。

永藤《ながふじ》はわたしを見つけて安心するように、眼鏡を外す。見るとその永藤《ながふじ》の口がもごもご動いていた。

「なに食べてんだ?」

「飴《あめ》ちゃん。これ食べて大人しくしててくださいねって言われたので要求を呑《の》んだ」

「子供か」

子供だけど。十三歳は立派な子供で、力なく、不安定で。

そして年相応に悩んで、答えを見つけていかなければいけない。

それは、何歳の時であろうと変わりない人生の命題のようなものだった。

「あのな、永藤《ながふじ》」

座ってから、頬が片方少し膨れた永藤《ながふじ》を見つめる。

「んー?」

「お前と」

ずっと一緒にいるのが、多分、生きるってことだ。

口にしようとしたら殊の外恥ずかしくなって、出かかったそれが引っ込んでしまう。

「私と?」

永藤《ながふじ》が言葉と態度でにじり寄ってくる。同じくらいだった背丈には、確かな差が生まれ始めていた。

これからは永藤《ながふじ》を見上げて生きていくのだろうか。

永藤《ながふじ》はいつもそこにある。

……それっぽく言ってみたけど、あまり感動しなかった。

「……何して遊ぼうかなって話」

「そういうのか」

もごもごもごもごと飴玉《あめだま》が転がるのが表からも分かった。何個食ってんだこいつ。

「じゃあ日野《ひの》で遊ぼう」

「は？」

「遊ばせろー」

永藤《ながふじ》が飛びかかってくる。ので当たり前のように飛《と》び退《の》いて避《よ》ける。避《よ》けてもすぐ永藤《ながふじ》が飛ぶ。逃げる。繰り返して、二人でどんどか飛び跳ねていると誰かに怒られる声を聞いた気がして、わたしは、笑った。

これがわたしの納得する生き方だとしたら、もう笑うしかない。

だけどこれまでそういう風に生きてきて、他の生き方が見つからず。

それならいっそ、徹底してみようじゃないか。

永藤《ながふじ》と向き合う。激しくもごもごする頰を、摘《つま》んでこねくり回して遊び返してやる。

「やったろうじゃん」

もう、困る必要はなにもないのだった。

三章『TAEKO』

「んーそうだねー、永藤《ながふじ》さんにもそんな昔のあれやこれやがあったんだよねー」

「へー」

「あれとこれが」

「どれだ」

「なんかなーい？」

　こたつに刺さっている日野《ひの》に聞いてみる。日野《ひの》は軽快に手を横に振る。

「ないない」

「そんなはずはなーい」

なんにもないならどうやって生きてきたのだ私は。と思うけどなかなか思い出せない。

世界の全てが不確かでも生きていられるんだなぁ。

「うーん私って哲学さん」

「超眠い」

「寝ながら聞きなさい」

「おっけー」

日野《ひの》がしっかりと目を瞑《つぶ》る。確認してから話し出す。

「私もこう青春のサムシングがエルスするはずなんだよね。あの時感じたそれが今を形作る的なやつよそれそれ。でも思い出せるのは昨日の晩御飯くらいなんだなぁ。あれ昨日なんだった……えぇと、じゃがいもは食べたな確か……カレー？　いやカレー違うな、カレーっぽい匂いがない。なんだったかなぁ」

「ごげー」

「聞いてる？」

日野《ひの》の肩をゆっさゆっさする。

「寝かせろよ」

「なんかない？」

「諦めろ」

「うーむ」

私の大体を知る日野《ひの》がこう言うのだから、本当にほろ苦い過去とかないのかもしれない。

甘々人生か。

それはそれでいいな。

「ないならいいや、なしなーし」

終わった。

もっかい『たえこ　妙なる日、野たる子』

柔らかく明るい、丸いものを見つけたような気分になった。

日野《ひの》を最初に見た時感じたのは、そんな居心地のいいものばかりだった。

「ひのあきらだよー」

保育園で最初に見た日野《ひの》は、まだ私と背丈に差がなかった。いや日野《ひの》の方が少し大きいくらいだったかもしれない。髪型は、この頃から左右に分けて下ろしていた。

「あきら？　おとこのこ？」

「ちがわい」

私がおかしいなと思って指摘したら、日野《ひの》がすぐに否定してきた。慣れているのか、反応が早い。その日野《ひの》と入れ替わりに、次は私の自己紹介の番だった。

「ながふじたえこだよー」

フレンドリーにご挨拶したら、日野《ひの》がムッとしたようにこっちに来た。

「まねすんなー」

「してないよー」

参考にしただけだった。二人でぽこぽこと叩《たた》き合《あ》う。すぐ先生に止められた。「うぃーん」抱えるように運ばれて日野《ひの》から離れる。自分で歩かないで動くのは、なかなかどうして、楽。

この歳《とし》にして怠惰を覚えるのだった。

そしてその後、私の方が少し多く怒られた。その時はなぜだろう？　と一切不思議に思うことさえなかったけど、後になってみると分かることもある。私が少しばかり、他の子より人の話を聞いていないように見えるからだ。これは小学校に上がってからもよく指摘された。

でもそれを日野《ひの》に話したら、『そういうことじゃねーよ』と暗めに笑っていた。

結局、どういうことだったんだろう。

まぁそれはおいておくとして。

先生に怒られた後に大きな部屋に戻ってみると、みんなは外へ遊びに行っていた。部屋に残っているのは同じく怒られた日野《ひの》と私だけだった。出遅れてしまった気分になりながら、外の景色を眺める。日野《ひの》も似たような気持ちだったんじゃないだろうか。

その日野《ひの》を後ろから見ていて、ふと気づく。

「あのさー、あきらちゃん」

声をかけたら日野《ひの》はびくっとした。私を見て、またムッとした。

「なんだよぅ」

「せなかにむしくっついてるよ」

「なんだよー！」

日野《ひの》はあたふたとしながら、背中をこっちに近づけてくる。

私はもちろん、逃げるように下がった。

「とってとって」

「えー、わたしむしさわれない……」

「えーっ」

なんでも触ろうとするなと両親に言われて、その言いつけを守るとそうなってしまうのだ。

それにどう見ても蜂だしなー、刺されたらなー、と日野《ひの》と一緒にうろうろする。

「なんかではらってよー。ほらあれあれ」

日野《ひの》があれやこれやと近くにあるものを指差す。道具を使って払えということらしい。

「えー、むしつぶれたらふくよごれちゃうよ？」

「う」

日野《ひの》が動きを止める。

「おかあさんとえのめさんにおこられる」

「だろだろー？」

「なんでえらそーなの……」

日野《ひの》がカニのように横へ足を伸ばして移動する。しまわれていたブロック状の玩具を取り、戻ってくる。そして日野《ひの》はまた私に背を向けた。

「どのへんにいる？」

「えっとねー、まんなか、あちょっとうごいた」

「どこだよー」

日野《ひの》が左右に飛び跳ねる。

「みぎー、あ、あきらちゃんからみるとどっちだろ」

「えーもう、わからん」

日野《ひの》が適当にブロックを背中に当てて滑らせる。何度か往復させると、煩わしくなったのか蜂が日野《ひの》の背中から飛び立つ。おー、と飛び回る姿をぼんやり見上げていたけどはっとなった。

今度はこっちが逃げないといけない。

「わひゃー」と日野《ひの》と一緒に部屋の外へ走る。扉を開けると、蜂もこちらめがけて飛んできて一緒に外へと飛び出した。蜂は留《とど》まることなく、広い世界へ旅立っていった。

それを見届けて、日野《ひの》と二人で並ぶ。日野《ひの》は私を一瞥《いちべつ》してこう言った。

「あんまりやくにたたなかったっ」

「うんうん」

日野《ひの》の的確な評価を素直に受け止める。日野《ひの》は外をひとしきり見回してから、

「ま、いいか」

すぐに機嫌を直して、そして、私に振り向いた。

「あそぼっか」

「うんっ」

「えっと、たえちゃん」

日野《ひの》も私の名前はすぐに覚えたらしく、それが嬉《うれ》しかった。

「あっきー」

「だれ？」

「いまてきとーにきめたあだな」

「てきとうにきめんなー」

また日野《ひの》と一緒にぽこぽこし合う。

こうして、私と日野《ひの》はお互いをあっという間に認識したのだった。

「あのね、たえちゃんちにいきたい」

うちと違って、日野《ひの》のお迎えは車だった。日野《ひの》が和服の女の人に話している間、私は車をぺたぺたと触る。

「こらこら」

迎えに来たお母さんに首根っこを摘《つま》まれた。「うぃーん」そのまま運ばれて車から離れる。

「ご学友の家ですか」

「ご、ごがくゆーと来ますか」

なぜかお母さんが固まった。

「ちょっとお待ちを」

和服の人が少し遠くに行って電話をかけ始める。その間、私は日野《ひの》の背中を見守った。

「むしついてる？」

「いなーい」

「やったー」

二人で喜ぶ。そんな様子を、お母さんは静かに笑いながら見ていた。

「許可を頂けましたので、お預かりをお願いできますでしょうか」

「は、はぁ」

電話をしまった和服の人が話しかけてくると、お母さんはたじたじだ。

「いいのー？」

「はい。さ、お乗りください」

日野《ひの》が嬉々《きき》としながら車に飛び乗る。後ろの扉を開けたままで、座席に空間を作る。

「どうぞ」

和服の人が微笑《ほほえ》んで私を招く。いいの、とお母さんを見上げる。

「家が分かりませんので、ご一緒に行かれた方がいいかと思います」

和服の人が代わりのように意見を述べる。「それもそうね」とお母さんは同意した。

「じゃあ私も失礼しちゃおうか……」

「どうぞどうぞ」

お母さんも後ろに乗ってくる。お母さんは車の外、他の子やお母さんたちを少し気にするように、扉が閉まるまでそちらを向いていた。和服の人が運転席に座る。

「道案内お願いしますね」

お母さんにそう言って、車を走らせる。保育園からは遠くないので、道は私でも分かった。うちにも車はあるけれど乗って出かける用事がほとんどないので、新鮮な気持ちを味わう。

「あきらちゃんちはくるまなんだねー」

「うん」

「うちもくるまにしよう」

「しません」

きりっとしながら提案したら、にべもなく却下された。

日野《ひの》の家となにが違うんだろう、と足を振りながらぼんやり考えた。

考えている間に、家の前に着いていた。

「後で迎えに参りますので、それまでお願いいたします」

「あ、はいはいはい」

お母さんがへこへこ曲がる。和服の人は丁寧に一礼してから、車に乗って去っていった。去った後、お母さんは肩から荷物を下ろすように息を吐く。

「狭いかもしれないけど、どうぞ」

「はーい」

そうしてお母さんが促すように背中を押すと、日野《ひの》がお店の中へ走っていく。

「そんなにいそいではしっても、せまいからみるとこないのにね」

「おバカ」

お母さんから頭に軽いゲンコツを食《く》らう。狭いって自分で言ったのに。

お母さんはお店の屋根を見上げながら、ぼそりと呟《つぶや》く。

「日野《ひの》の家の子、か。外から竹藪《たけやぶ》しか見たことなかったわ」

何を言ったのかは、よく分からなかった。

「ひのあきらです」

中に入ると、表で立っていた父に日野《ひの》が挨拶していた。父は「こんにちは」とお客相手のように笑顔で返す。

「ながながふじふじです」

「対抗しなくていいんだよ」

こっちは父に呆《あき》れられた。なんだこの対応の差は。

「妙子《たえこ》のお友達か」

「そーでーす」

私と日野《ひの》、どっちも手を上げて肯定する。それを微笑《ほほえ》ましそうに見ていた父が、おもむろに首を捻《ひね》る。

「ん……日野《ひの》？」

さっきのお母さんみたいに、何かが引っ掛かったようだった。日野《ひの》を見ると、なにも分かっていないように不思議そうな顔をしている。勿論《もちろん》、私はもっと分からない。

固まっていると、お母さんが声をかけてきた。

「奥に行って遊んでなさい。お仕事してるから表には出ないようにね」

「あいあーい」

考えるのはすぐにやめて、いつもの注意を適当に流して、日野《ひの》と一緒に家へ向かった。

奥に上がって、鞄《かばん》と帽子を放り投げてから、日野《ひの》が笑う。

「たえちゃんちっていいにおいするね」

「えへー、あげもののにおい」

お肉屋の表に並ぶコロッケやメンチカツの匂いだった。家の奥にまで染《し》みついているそれは、慣れてからもふと鼻を動かした時に入り込んで胃を鳴かせる。

「おにくやさんなんだー」

「おにくすきー」

わー、と盛り上がる。無意味に、他愛なく、柔らかに。

「あきらちゃんちはなにやさん?」

「うーん、わかんない」

むむ、と日野《ひの》が目を逸《そ》らすようにして考え込む。

「なんだろなー……おちゃやさんか、おにわやさん?」

「おにわ?」

「おにわがひろいから」

「おぉー」

良《い》いことを聞いて色めき立つ。

「いいなー、いってみたい」

「うん。こんどはたえちゃんがおうちにくればいいよね」

「いぇー」

安易な口約束に喜ぶ。庭が広いと聞いて、やってみたいことをいくつも思い浮かべていた。

だけどそれは、日野《ひの》の家に着くころには全て忘れていそうだった。

現に今の私も、その話題を引きずることなくすぐに、別のものに興味が移る。

対象は、目の前の小さな顔だった。

「どーかした？　むしいる？」

じっと見られた日野《ひの》が自分の鼻を叩《たた》く。虫はいないよー、と距離を詰めて。

「あきらちゃんって、かわいいね」

「え」

まじまじ見つめて感じたことを正直に告げると、日野《ひの》の方も間近で見つめ返してくる。

ぱちぱちと、まばたきを繰り返して。

「たえちゃんもかわいいー」

「いいねー」

お互いを褒め合って、跳び合って、走り回る。私の足でも、五歩も歩けば壁にぶつかりそうになる狭い空間を日野《ひの》と分け合うように。思えば、友達というものの意味は日野《ひの》から知った。

その喜びも、存在も、全て日野《ひの》だ。

全ての感覚が日野《ひの》の形として頭に焼きつき、それは今尚《いまなお》消えることはなかった。

騒いでいて、途中で横になったら気づけばそのまま寝ていた。

お母さんがかけたであろう毛布は日野《ひの》が抱きしめるようにして寝ていた。ぼーっと見て、自分の毛布がそっちに取られていることに気づく。少し覚めただけなので、目が動くだけで身体《からだ》は眠っていた。

「へぇ、日野《ひの》の家の子……なんでうちみたいなとこに来てんだ？」

お父さんが店の方でそんな話をしているのが聞こえた。相手はお母さんだった。

「妙子《たえこ》と仲良くなったみたい」

「ほー……通うとこ同じ？」

「ええ」

「ああいう子はお嬢様学校みたいなとこ行くんじゃないのか」

「それもそうね。でもそんなの、この近所にないんじゃない」

日野《ひの》の話をしているみたいだ。私の名前も出たけど、よく分からない。

「相手も女の子、うちも娘……惜しいっ」

「なにがよ」

「婿にでもいけば、えーあれだ、日野《ひの》の家で酒池肉林」

「あなたね……」

「冗談だよ。でもうちみたいな狭い家で大丈夫なのか？　言っちゃあなんだが、うちただのお肉屋さんよ」

「子供には関係ないわよ、そんなの」

「そういうものか……」

「それよりも友達がすぐできてホッとしたわ。あの子、ちょっとぼーっとしてるから」

「あーそれはなぁ……」

また眠くなってきた。同時に少し身体《からだ》が震える。ぐいぐい引っ張っても日野《ひの》が毛布を離してくれないので、仕方なく潜り込むことにした。日野《ひの》に重なるようにして、毛布をかぶる。毛布が直接顔に当たると、少しちくちくした。

毛布と日野《ひの》に包まれるようになって、その日野《ひの》の服からはうちと違う匂いがした。鼻に擦れるような、ちょっとざらっとした感じの香り。

きっとこれが、日野《ひの》のおうちの匂いなんだと思った。


気づいたらまた寝ていた私を起こしたのはお母さんだった。

「アキラちゃんのお迎えが来てるわよ」

「おむかえ……」

日野《ひの》が寝ぼけ眼でのそのそと起き上がる。それから、毛布にくるまっている私に気づいて

「わっ」と短い声を上げた。頭を揺さぶられて、毛布と共に身体《からだ》を起こす。

「かえるの?」

「うん」

日野《ひの》が帽子をかぶって、鞄《かばん》の紐《ひも》を肩にかける。

「かえらないと、おかあさんがしんぱいするから」

「それはいかんなー」

「あとおとーさんとおにいちゃんも」

お兄ちゃんいるんだ、と聞いたらうんと日野《ひの》が頷《うなず》く。

「すっごくおおきいよ」

「へぇー」

負けてられないな、と闘志を燃やした。なにかは分からなかった。

日野《ひの》を見送りに外に出ると、着物の地味な柄が見えた。

「えのめさんだ」

さっきも見た、和服を着た女の人が車から出てきて、「お世話になりました」とお母さんに深々、頭を下げる。お母さんは「いえいえぜんぜんぜん、ほほほ」と明らかに面食らって動揺していた。

その間に、私は車をぺたぺた触っていた。

「こらこら」

その女の人に朗らかに持ち上げられた。「うぃーん」運ばれて車から離れる。

「すみません」

「いえいえ」

お母さんに預けられた。わしわし動こうとしたらがっちり摑《つか》まれた。

「ぼーっとしてるくせに落ち着きがないんだから」

「あきらちゃん、またねー」

捕まりながら手を振ると、日野《ひの》もにこにこしながら手を振り返してきた。私よりは大人しかった。和服の人と、車と、日野《ひの》が去っていく。残ったのは、少し寂れた建物群だけだ。

お母さんが腕の中の私に、自分のことみたいに、嬉《うれ》しそうに言う。

「お友達できてよかったわね」

「うむうむ」

「そこでなんでちょっと偉そうなのあんた」

むにょーっとほっぺを引っ張られた。

「めみょー」

引っ張られたままおうちに戻った。

「迎えの車も立派だったなー」

お店の表で、父が頭を掻《か》きながら笑う。立派だったのだろうか？　確かにうちの車と比べたらピカピカだったようにも思う。ぺたぺた触ったけど。

「あきらちゃん、わたしのおうちすきだって」

「へぇ。物珍しいのかねぇ」

「こんどねー、あきらちゃんちにもいくの」

「うーん……大丈夫かな？」

父がお母さんに視線をやる。お母さんは肩をすくめるだけだった。

「なにがー？」

「いや礼儀作法とか……あとあれだ、高い壺《つぼ》とか割ってこられるとお父さん困るから……」

「あ、そっちは私も心配かも」

両親の視線が私に集う。きょろきょろしてから、ここはこうだな、と思った。

「まかせろ！」

「駄目そう」

ショーケースに頬杖《ほおづえ》をついたお母さんの声は、どこまでも平坦《へいたん》だった。

「壺《つぼ》は飾っていませんよ」

「え、あら、それはよろしくて」

はっはっはやったーと、お母さんがなにかに勝ったように私を抱き上げる。よく分からないけどお母さんが喜んでいるのはこっちも嬉《うれ》しいので、「やったぜおやじー」と一緒に祝った。

「誰が親父《おやじ》か」

「割ったら危ないというのが旦那様のお考えなので」

「いやー本当危ないですもんねー、家計も」

うきうっきーとお母さんが踊ってついでに私もぐるんぐるん回される。

でもそのお母さんが急にハッと目を見開いて固まった。

「掛け軸は？」

「そちらは少々」

和服の人がにっこりする。

「お高い？」

「そちらも少々」

更ににっこり。ここは私もにっこり対抗。笑っていないのはお母さんだけだった。

私に顔を寄せて、鼻を押すように念押ししてくる。

「掛け軸には触っちゃだめよ？」

「かけじくってなに？」

そこからかー、とお母さんが目を泳がせる。そして諦めたように和服の人に向いた。

「目を離さないでくださいね」

「承りました」

私がお母さんから和服の人に預けられる。「うぃーん」そのまま車の後部座席に運ばれる。

日野《ひの》が家へ来て翌日、保育園の前でのことだった。

日野《ひの》は既に車の中で私を待っていた。

「あきらちゃんちはなかなかたいへんみたいだねー」

「え、そうなの？」

日野《ひの》の目が丸くなる。でも少しは覚えがあるのか、「んー、かも」と曖昧に認めた。

「ごはんのたべかたとか、けっこーうるさいし」

「あ、うちもうちもー」

テレビばっかり見てないで食べなさいと注意されることが多い。ご飯は少し後にしても食べられるけど、テレビ番組はその場で見ないといけないから優先するべきだと思うのですがどうでしょうとお母様に尋ねたら頭を小突かれるだけで終わった。

「たえちゃんちもそうなんだ……」

「うん」

頷《うなず》くと、日野《ひの》は、なぜか安心したように笑うのだった。

和服の人が車の外でお母さんへの挨拶を済ませてから乗ってくる。帰りも家の前まで送ってくれるらしい。お母さんは日野《ひの》の家を一度覗《のぞ》いてみたかったのか、少し残念そうにしていた。

「じゃあ出発しますね」

「あいあい」

車が走り出してから、そうだそうだと思い出す。

「あきらちゃんのおかあさんですか？」

ちょっと前のめりに、運転席にしがみつくような形になりながら質問してみた。

昨日から思っていたことだった。

「え？　いえいえ、違いますよ」

「そーなのですか」

引っ込む。日野《ひの》を見ると、「ちがうよー」と足を振りながら否定してくる。

「えのめさんはね、おてつだいさんなんだよ」

「おてつだい？」

「おうちのことを色々とお手伝いするお仕事です」

「へぇー」

それはすごく助かりそうだ、と思った。それから、お母さんもお父さんを手伝っているから、お手伝いさんなのだろうかとも思った。やっぱりお母さんなのでは、と混乱しかけた。

「わ、たえちゃんのめがぐるぐるしてる」

「うーむ、むずかしい」

「難しい要素あったかしら……」

和服の人が優しく首を傾《かし》げる。

「うちのみせばんもてつだってください」

「ええ、今度機会があれば」

適当に頼んだけど断らなかったので、いい人だと思った。私の判断はどこまでも単純だ。

簡単な方が相手も気楽だと思うのだけど、どうだろう。

なんて、勿論《もちろん》この頃の私はなにも考えていなかった。

日野《ひの》の家は保育園からほど近かった。後で知るけれど、私の家からも大した距離ではなく、小学生にもなれば歩いて遊びに行くことも容易だった。そんな距離に、こんなものがあるなんて、当時の私はまったく知りもしなかった。それまでの世界とは、自分の家だった。

私はこの日、初めて本当の世界を体験したのだ。

「ほんとにひろーい」

車から飛ぶように降りて、目の当《ま》たり《あ》にして、思わず庭を走り出してしまう。どこまでが庭でどこまでが駐車場でどこまでが屋敷なのかも判別がつかないくらい広大な世界は、私にとってあまりに新鮮だった。空気も町の方とは一線を画するように、瑞々《みずみず》しいものを含んでいた。

自然の多さのあまり、水の流れる音さえ錯覚する。お屋敷の側面に回ると、敷かれた玉砂利を踏む感触が靴越しにも心地いい。なんじゃこりゃー、なんじゃこりゃーと何度も驚く。私の家が一体何個ここに建つだろう、と数えて走りたいくらいだった。

立ち止まって、思いっきり息を吸い込む。穏やかな風を、胸にいっぱい。

そうすると、自分の中のなにかがくるくる回り出して、躍動を示していく。

「おや？」

またてってこ走り出そうとしたら足が宙に持ち上がる。和服の人が後ろから私を抱えていた。

「目を離すなとご注文を受けましたので」

「そうだった」

和服の人に抱っこされて「うぃーん」家の前まで運ばれる。日野《ひの》は大人しく待っていた。日野《ひの》からしたら、庭の景色なんてありふれているのだろう。

下ろすのが面倒なのか、そのまま家の中まで連れていかれた。

玄関だけでうちの奥の部屋くらい広い。そんなにたくさん靴置く必要があるのか分からない、大きな靴箱をほへほへ眺めていると、また別の和服を着た人が出迎えた。

お手伝いさんと歳《とし》は同じくらいに見えた。髪を後ろで纏《まと》めてお団子にして、やや重たい感じがする。真っ黒い着物が髪の色とよく合っていた。動くと、袖の奥は赤いんだなぁとそんなことを思う。その人を見た日野《ひの》は、「ただいまかえりました」と丁寧に頭を下げた。

「おかえりなさい」

優しそうな返事から、日野母《ひのはは》だと悟る。その目が日野《ひの》から私に向いた。

「おじゃましまーす」

抱っこしていた和服の人に下ろされる。

「ながながふじふじたえたえですっ」

「あら長いお名前」

日野母《ひのはは》は動じる様子もなく穏やかに対応してくる。

「アキラから昨日、たくさん話を聞いたわ」

「いーはなしでしたか？」

「もちろんよ」

日野母《ひのはは》がにっこりした後、「お願いね」と和服の人に一言残して奥に戻っていく。

何をお願いされたのだろうときょろきょろして、あ、私かと気づいた。

靴を脱ぎながら、いいなぁと自然に染《し》みてくる。

澄み渡る、木々の香り。

何度も深呼吸すれば自分の肌が涼やかになっていくような、気持ちのいい空気。

日野《ひの》の家の中に満ちるものは、別天地のように清々《すがすが》しい。同じ地面の上にある場所だとは思えないくらい、何もかもが異なっていた。日野《ひの》は凄《すご》いなぁと、初めてぼんやり感動した。

日野母《ひのはは》が行った奥にはなにがあるのかなーと向かおうとしたら、がっしり肩を摑《つか》まれて方向修正を強制された。なんとなく手足を伸ばしてきびきび歩いたら、日野《ひの》も真似《まね》して一緒に笑う。和服の人の笑い声も、頭の上で少し聞こえた。

そのまま誘導されて案内されたのは、日野《ひの》の部屋だった。日野《ひの》の部屋はこれまた、うちの居間より広い。走り回っても脛《すね》がこたつ机にぶつかることはなさそうだった。

思わずぴょんぴょこ飛び跳ねてしまう。ずっと続けていたら、肩を摑《つか》まれて座らされた。

「あきらちゃん、おへやあるのすごいねー」

「え、たえちゃんはないの？」

「そんなものはない」

えっへんと胸を張る。将来的には二階の小さな部屋を掃除してあてがうらしいけど、今はそんなもの必要ないとして一階だけが生活の場だ。部屋は狭いのが二つか三つしかない。

日野《ひの》は毎日、別世界から保育園に来てるのだなぁと思った。

「じゃーねー、ここたえちゃんのおへやにしてもいいよ」

日野《ひの》が腕を広げながら提案してくる。

「わたしとねー、たえちゃんのおへや」

「いいのー？」

別世界の一角を譲られるとは、なんたる幸運なのか。世界を半分くれるマンとなった日野《ひの》の言葉を受けて、部屋の壁や高い天井を見回す。ここが私の、と思うと体が震えるようだった。

私と、日野《ひの》の世界。

最初の登録が上書きされるように、ここが、私の帰る場所になりそうな気さえした。

それは家とはまた別に……魂が、その居場所を定めるように。

「いいよー」

「やったー」

日野《ひの》と手を上げて喜びを分かち合う。そのやり取りを見ていた和服の人が、困ったように笑っているのに気づく。どーしましたかと目で問うと、和服の人が不思議そうに言う。

「本当に、仲がよろしいですねぇ。昨日会ったばかりなのに」

日野《ひの》と見つめ合う。日野《ひの》の瞳は、綺麗《きれい》だ。この家の空気に浸って育って、濁りがない。

「そだね」

「そだねー」

確かに、出会って丸一日経《た》っている程度の時間でしかない。

だけど私は日野《ひの》との間にあるものを疑うつもりにならなかった。

「びびっと来ましたか?」

試すような問いかけ。びびっと? びびって感じはないな、と自分の指先を摘《つま》んで否定する。

私の中に芽生えたものは、もっと、丸い。

「あきらちゃんにはほわほわしたものをかんじるねー」

「ほわ？」

「ほわーっとする」

言いながら、こっちの頬が緩むのを感じる。感覚的な説明だったけれど、和服の人にはそれで十分だったのか、顔から困惑は消えた。

「それはいいことです、大事にしましょう」

代わりに浮かぶ和服の人の笑顔には色々な味を感じた。何かを噛《か》みしめたみたいに。

それを舌の上で判別していくのは、私にはまだとてもできなかったけれど。

「しまーす」

お気楽に宣言する。日野《ひの》も釣られるように手を上げた。

「あ、そーだ。かけじくってどれですか？」

「聞いてどうするのかしら？」

「ほほほ」

笑ってごまかしたら、「いけませんよ」とにっこり釘《くぎ》を刺される。

「うぃーん」

「運びません」

「うぃーん」

セルフに引き下がる。うーんと少し考えて、はっと気づいて日野《ひの》に目を向けた。

「あきらちゃんはかけじくしってる？」

「わかんなーい」

「じゃーきょうはかけじくをさがそー」

「おー。やるやるー」

日野《ひの》と一緒に立ち上がって、てってってってと廊下へ走り出す。和服の人も慌てててついてくる。

「これは、思ったより大変そうね」

和服の人はそう呟《つぶや》いて苦笑する。一方、日野《ひの》はにこにこしていた。

「いつもいるおうちなのに、たえちゃんといっしょだとなんかわくわくするね」

そう笑いかけてくる日野《ひの》に、柔らかく明るい、丸いものを見つけたような気分になった。

日野《ひの》を見る時感じるのは、そんな居心地のいいものばかりだった。


「みたいなことなかったかなっ」

「お前がしっかり覚えてるなら逆にないんじゃね？」

「それもそうだ」

私はまたあっさり納得して、こたつに引っ込んだ。

『2033 8 11 21:47:22』

ふと陰に入ると、自分の指の輝きが目に留まる。

人差し指に留まるように結ばれた、水色の蝶《ちょう》。

ヤチーの髪は汚れることも濁ることもなく、ずっと淡く静かに光っている。指を振ると柔らかく蝶《ちょう》は羽ばたき、まるで本当の生き物みたいだった。髪は輪郭しか描いていないのに、その羽の隙間を粒子が巡って埋めるようにさえ見えた。

早々に暗くなり始めた廊下で、足を止めてしばらく見入る。

それから、部屋の扉を開けた。

部屋ではねーちゃんとヤチーがお布団《ふとん》に収まっていた。そしてストーブもついてなくて寒い。

「む、しょーさん」

ヤチーがすぐに片目を開ける。蝶《ちょう》と同じ水色に満ちた瞳は、じしょー、なにも見ていない。

「ヤチー、寝てばっかりだとねーちゃんみたいになっちゃうよ」

「しまむらさんにですか」

うーん、とヤチーが横目でねーちゃんを見る。ねーちゃんの方はそのまま寝ている。冬場のねーちゃんは本当に寝ていることが多い。お母さんは、手がかからなくていいって笑っていた。

「では出てみましょう」

ではの意味が分からないけど、ヤチーがシャカシャカ動いてお布団《ふとん》から出てくる。格好はいつものライオンパジャマだ。うちにはかわいいライオンがいる。かわいくないライオンがいたらとても困る。

「しょーさんはわたしの未来が見えるのですか？」

ライオンがわたしを無垢《むく》に覗《のぞ》く。

「ん？　ん？　あ」

ねーちゃんみたいになるって言ったのを本気にしちゃったのだろうか。

ヤチーは時々こういうとこがある。言葉をそのまま取ってしまうというか。

「未来なんてだれも分からないってだれかが言ってたよ」

「いえわたしは見えますが」

「えっ」

「そうですねー。では一つ、しょーさんの未来を予言してあげましょう」

「よげん？」

町でたまに見る占い師さんの姿を連想する。ヤチーとはまったく重ならない。

「ヤチーそんなことできるの？」

「できますできます」

えっへん、とヤチーが白いお腹《なか》を突き出す。つんつんするとふかふかの手触りだった。

「今は何年ですか？」

「そこから？」

ヤチーは一体、この世界のなにを知っているのだろう。

教えると、ヤチーが指を折って数え始める。ヤチーは爪もうっすら水色で綺麗《きれい》だなぁと、ぽけーっと見守る。寒いのもちょっと忘れる。そうしていると、数え終えたヤチーが言った。

「しょーさんは明日、わたしとどーなつを食べていますな」

ふふふ、とヤチーがえらそーなまま自信満々に言い切った。

なんの話か理解するのに、ちょっとかかった。

「ヤチーが食べたいだけじゃん」

「ほほほ」

ヤチーはまったく悪びれない。明日……明日は休みだけど。

「しょーさんも食べに行きましょー。わたしもお金ならちゃんとありますぞ」

ヤチーがどこからか取り出した五百円玉をとても得意げに見せびらかしてくる。

「それヤチーのおこづかい？」

「あーはいそれですそれです」

返事がいやに軽い。あやしーお金だ……と見つめていると。

「あ、ではおまけにもう一つ」

「え？」

ヤチーが微笑《ほほえ》みながら、わたしに言う。

「しょーさんは今からおよそ十六年後に、とても大きなものを見つけることになるでしょう」

声に合わせて、指に結ばれた蝶《ちょう》が羽ばたくように錯覚した。

「そしてその時こそ、チキュージンは」

言葉として聞き取れたのはそこまでで、その後はなにを言っているのか分からなかった。

辛《かろ》うじて声らしきものが、まったく知らない調子で届くだけで。

「やちー、」

「おーい、おやつあるけど食べる？」

「わー」

お母さんの声に反応してヤチーが手を前に突き出しながら走り出す。

てってってとそのまま振り返ることなく部屋を出て行ってしまった。

いやいや。

「ちょー気になるんですけど」

ねーちゃんはなにも聞こえていないらしく、そのままぐうすかと寝ている。

「むぅ」

無防備なほっぺたを指で突っつくと、ねーちゃんは寝返りを打って逃げた。

反対側に向かってもっかい突っつくと、ねーちゃんは期待通りに寝返りを打つ。でも起きない。

などとねーちゃんで遊んでいる場合ではない。

「うーん……でもヤチーだしなぁ」

飴《あめ》を一個見つけただけで『とてもいいものを見つけましたー』と大喜びしているくらいだから、そこまで大げさなものではないかもしれない。大きいケーキとか、大きいプリンとか。

追いかけると、ヤチーは一足先に、お母さんの用意したポルボロンを摘《つま》んでいた。

「ははは遠慮ないなこいつー」

お母さんが楽しそうにヤチーの額を小突く。

「じゃきーん」

ヤチーはまったく怯《ひる》むことなくポルボロンを両手に摑《つか》んだ。

「うむ、遠慮ないっていうか図々《ずうずう》しいわ」

「うんめーですねー」

そうしてお菓子を食べて柔らかそうな頬がもっちゃもっちゃしているヤチーからは、もうなにも聞けない気がした。

四章　『テンペスト　～桜花聖誕帖～』

しまむらとの二度目のクリスマスだった。

だったと言ったけど、まだ過去形ではない。

『夜は家で食べるから、お昼ならいいよ』

クリスマス当日のしまむらの予定だった。前もこんな感じだった気がする。しまむらは家族をとても大事にしている。それはきっと当たり前のことで、私がおかしいのだろう。

私はあまり、というか……家族にどう接すればいいのか分からない。そういうものを学ぶことを放棄して生きてきてしまったから。それはきっと、正しくはない。でもそんなものを理解している自分は世界のどこにもいない。今の自分でやっていくしかなかった。

家族かぁ、と少し考える。

それなら、私もしまむらと家族になる……家族？　家族になる方法……養子縁組？　いやいや、そういうことではない……ような気がする。若干混乱が深まってしまった。

家族のことは一旦置いておくことにする。大事なのは、しまむらと過ごす時間についてだ。

部屋でうろうろしながら考え込むのがすっかり癖になってしまった。

「普通の格好……普通ってなんだろう？」

いつもの服、とクローゼットに目を向ける。中には私服が大人しく並んでいる。

去年はチャイナドレスでしまむらとモールを歩いたんだっけ。

懐《なつ》かしいなぁ。

「……いやなんで？」

なんで私はクリスマスにチャイナ服着ていたんだ？

改めて振り返ると、なぜそこに至ったのかまるで思い出せない。なに考えているんだ私は、バイト先からそんなもの借りて。えぇ、と頭を抱えそうになる。たった一年前なのに自分が分からない。客観的に見るとどう考えても変人だ。しまむらはよく一緒に歩く気になったと思う。

そういう寛容な部分がしまむらの魅力ではあるのだけど、単に周りのことをあまり気にしていないだけかもしれない。私のことはもっと気にしてほしい。でもそれを一方的に求めるのではなく、自分でもできることはあるはずだ。そういう風に考えるとやっぱり、普通の格好だと相応に普通の反応で流されていくだけではないかと心配になる。

だからチャイナドレスは間違いではなかった……と思いたい。

特に冬のしまむらは、観察しているとぬぼーっとしている時間が多い。

意識しないと引っかかりなく毎日が過ぎていきそうだった。

「いやぬぼーっとはしてない、ぬぼーは」

眠気に負けそうになっているとか……そういうのだ、そういうの。

「……それにしても」

私は、ずっとしまむらのことを考えているなぁと今更意識する。

しまむらは、一日のどれくらい私のことを考えてくれているだろう。

五分だろうか、十分だろうか。機嫌が良ければ、一時間くらいは期待していいのだろうか。

でもしまむらは、一時間も私について考える内容がなさそうだ。

自分の指先が薄っぺらく見えてくる。私は多分、しまむらの前だと大体緊張して……舌を嚙《か》んだり、目を回したり、視界がぼやぁっとしたり、何言ってるか分からなくなったり……薄くはないかもしれない。でも錯乱していることを厚みとは言わない。

もう少し落ち着いてしまむらと向き合うことを目標にした方がよさそうだった。

私は、しまむらのことをずっと考えている。

知られたらとても、恥ずかしいと思う。

「くりすまー」

独特の区切りと共に、輝いている小さいのが飛び跳ねていた。

寝起きに見るものとしては日の光の次くらいに眩《まぶ》しい。

「おはよーございます」

起きたことに気づいていつも通り挨拶してくる子ライオンに、「おはよ」と寝転がったまま返す。リス？　栗《くり》？　と遅れてなにを言っていたのかぼんやり考える。すまはないだろう、多分。

ヤシロは尚《なお》も、枕の側《そば》で軽快に跳ねる。

「くりすまー」

「……あ、クリスマスか」

頬に触れる空気の冷たさに、少しずつ意識が固まって整う。それから、時刻を確認する。まさか昼過ぎまで寝ていないだろうかと一応、心配になった。いくらわたしでもと思いつつ、そういうことがないとは限らない。休日に冬が組み合わさると凶悪なのだ。

「お、大丈夫だった」

安達《あだち》との待ち合わせまではまだ時間があった。時計の針は朝十時過ぎを示している。

「意外と危ないじゃないか」

「ほうほう」

一緒に時計を覗《のぞ》き込《こ》むヤシロが、意味もなさそうに頷《うなず》いている。

「あんたは……で、クリスマス？」

「くりすますというものがあるのを知りました」

去年は知りませんでしたぞ、となぜか偉そうだ。偉そうなので頬を摘《つま》んで伸ばす。

「一応聞いてみるけどクリスマスってなんですか？」

「ケーキを食べる日です」

「大体合ってる」

いぇー、とほっぺた広がったまま適当に喜ぶヤシロを見ていて脱力する。

「あとしょーさんが言ってましたが、さんたさんからぷれぜんとを貰《もら》うそうです」

「あー……そっすね」

うちの妹は今年もまだサンタの存在を信じているらしい。うーん、なかなかの可愛《かわい》げ。でも冷静になると、こんな不可思議な生き物の存在を考えるとサンタクロースさんや空飛ぶトナカイくらいいてもおかしくないような気はしてくる。頬をびろーんと引っ張ってから離した。引っ張った分がなかなか戻らないので、ちょっと焦《あせ》りそうになった。

「わたしはちょーいいやつなのできっとぷれぜんとが貰《もら》えますね」

「その無根拠な自信は頼もしい気さえする」

「というわけでください」

どういうわけだ？　と差し出してきた小さな手に頭を掻《か》く。ついでに頬が元通りになった。良かった。ことにする。

「わたしサンタ違うんだけど」

「そうあなたはしまむらさん」

一文字も合っていない。

「さんたさんは夜、寝ている時に来るそうです」

「そうですね」

「しかしですね、夜にぷれぜんとを貰《もら》ってもまた寝る前に歯を磨かないといけないのですよ」

ひそひそ、とさも重大なことを話すように声を潜める。貰《もら》うものは食べ物前提なのがらしい。

「だから今貰《もら》っておこうと思いました」

「いやだから、わたしはサンタさん違うのよ」

「そうあなたは」

「それはもういい」

「しまむらさんから貰《もら》ってもわたしはうれしーですぞ」

にこっと、ヤシロが快活な笑顔を咲かせる。

良《い》いことを言っているようで欲望に忠実なだけである。

「まぁいいけどね……」

うちのサンタは多分、ヤシロの分は用意してないし。

「一応聞くけどプレゼントのご希望は？」

「ケーキもいいですが、どーなつも大好きです」

「はいはい」

どうせ今日出かけるし、そのついでに買えばいいか。忘れなければ。

「くりすますとはよいものですね」

プレゼントを貰《もら》う前から既にほくほく顔になっている。

「んー……まぁ、そうね」

安達《あだち》のことを少し考えて、その慌てふためき具合を思い出し、そうなのだろうと肯定した。

世間も安達《あだち》もヤシロもクリスマスは特別なものなのだ。わたしももう少し乗っかっていくべきかもしれない。うぇいうぇーいって感じに行こう。どこに行きたいのだ。

「くりすまー」

きゃっきゃとヤシロが廊下へ走っていく。

「しょーさんに自慢してきまーす」

「あらそー」

仲のよろしいことで。今年の妹はなにを希望してサンタに手紙を出したのだろう。去年は魚の飼育用の何かだったはず。今年はヤシロの飼育用の何かかもしれないと冗談に笑う。

それから、ヤシロはなんとなくクリオネっぽいな、と今思った。

「クリスマスねー」

わっせろーいと両手を上げて、盛り上がる義務を果たす。

家でちょっと贅沢《ぜいたく》な料理が出て、サンタは来なくて、部屋の外は肌寒くて。

毎年変わりないので、さすがにうちの居候《いそうろう》みたいに無垢《むく》にははしゃげない。

「毎年か」

寝癖交じりの髪を掻《か》き上《あ》げる。来年も安達《あだち》とくりすまーしているのだろうか。

一応、受験の年なのだけど。そもそも安達《あだち》が進学希望なのかも知らない。

安達《あだち》はわたしが行くって言ったら行くし、行かないって言ったら行かない気もする。安達《あだち》は
歩幅を揃《そろ》えて、行進するのが好きなのだ。ある意味、とても真面目と言える。

「わたしは……」

昔、そういうものがたまらなく嫌だった時期があった。

あの頃のしまむらさんの尖《とが》り具合《ぐあい》が懐《なつ》かしいような、目を瞑《つぶ》りたいような。元気は間違いな
くあの頃の方があった。

出かかった欠伸《あくび》をどうするか悩みながら、しばらく、ぼーっとする。

その間に安達《あだち》と、樽見《たるみ》のことを交互に考えていた。

結局近所のモールか駅前くらいしか出かける場所はないのだ。冬に公園というのも辛《つら》いし、

やることがないし。部屋の隅に飾られたブーメランを一瞥《いちべつ》する。未《いま》だに、どうしてブーメランをプレゼントしてくれたのか謎は解けない。そのしまむらの心境が理解できた時、私には次の景色が開けるのだろうか。しまむらは、奥が深い。

そんなことを考えながら着替えて、髪型を確認しては鏡から離れるのを三度ほど繰り返した。前は十回以上繰り返していた時期もあったので、今は慣れてきた感じがある。……ある。

いいのかなこれで、と当日になっても格好の選択に疑問を覚える。

でも時計に目をやると時間がまだあるのに焦《あせ》り、部屋を出てしまう。

リビングで、玄関の方からやってきた母親に遭遇した。出かける際によく見る、大きめの鞄《かばん》を肩にかけていた。目が合って、細められて、戸惑う。

「出かけるの?」

「……うん」

ふぅんと興味なさそうに反応する姿に、居心地の悪さと血の繋《つな》がりを感じた。

でも母親はその後、こうも言う。

「あの子によろしくね」

そう言い残して、母親は部屋に戻っていった。

「なにその格好」

急に扉が開いて私を二度見してきた。

「まぁいいや……」

そしてすぐに引っ込んだ。忙しい。

「……あの子？」

どの子、と聞き返そうにも既にいない。あの子、と想像してもしまむらしか浮かばない。でもしまむらをこの家に連れてきたことはないし……正確には家の前には来たけれど、母親と出くわすようなことはなかった。他に会う場所も思いつかないし、誰かと勘違いしているのかもしれない。その誰かさえ想像もできないくらい、私にはしまむらしかいないのだけれど。

「まぁ、いっか……」

誰かの口癖をなぞるように、答えを諦める。それから、家を出て、すぐ自転車に乗る。

こぎ出しながら見た空は、雪なんて降るはずもない晴天だった。

「昼ご飯は？」

「今から出かけるの」

「いやぁ親孝行だね、朝ご飯も関係ない時間まで寝ていただいて」

母親がにたにた笑いながら、わたしの頭をばんばん叩《たた》く。

「出かけるんだって」

せっかく整えた髪が崩れてしまう。直そうかと思ったけど、まぁいいか、どうせ外を歩いていけば風に吹かれて同じことだと気づく。でも母親の手はちゃんと払った。

廊下の壁に頭を寄りかからせながら、母親の目が泳ぐ。

「しかしクリスマスに出かける……男?」

「はぁ?」

「そういうお歳《とし》なの抱月《ほうげつ》ちゅんちゅん」

なんだちゅんちゅんって。程よくウザく絡《から》んでくることより気になる。

「そんなんじゃないよ」

「じゃあ女かっ」

「じゃあって」

合ってる。

「安達《あだち》と遊んでくるだけ」

「なんだ安達《あだち》ちゃんか」

なんだって本人がいないとはいえ割と失礼だな。

「あんたたち仲いいわね」

「ん、まぁ」

耳に引っかかっていた髪を弄《いじ》りながら、曖昧に答える。その内、安達《あだち》との関係もちゃんと親に話す日が来るのだろうか。うちは両親共に緩い部分があるので、案外あっさり受け入れてくれる気もする。わたし自身が安達《あだち》のことを受け入れて、時間を共有しているように。

「一緒にいて楽しい？」

壁に寄りかかるのをやめて腕を組んだ母親がそんなことを聞いてくる。

「楽しいかなぁ……楽しいっていうか」

なんだろなー、と別の適切な言葉を探そうと試みる。修学旅行でのパンチョとの会話を思い出しつつ、なんだろねー、と首を捻《ひね》る。後ろ向きなものはないけれど、どう言えばいいのか。

「安達《あだち》は分かりやすく楽しそうだから、それでいいかなって」

思考から逃げて、外に答えを求める。多分、回答としては△だろう。×ではないと思いたい。

「安達《あだち》ちゃんが楽しそうねぇ……ほんほん」

思うところがあるような態度を見せているけれど、恐らく思わせぶりなだけと推測する。

案の定、すぐに別の話題に移った。

「安達《あだち》ちゃんちは家でクリスマスゥーしないの？」

妙に発音が気取っている。そしてヤシロが誰の真似《まね》をしているのか理解した。

「さぁ……いや多分しないと思うけど」

安達《あだち》とその母の性格や関係を踏まえると、一切なにもないのだろう。そういえば安達《あだち》の父親の話は聞いたことがない。……多分ない。そんな話はさすがに聞けば忘れないと思いたいけど、そこまで自分の記憶力を信じていない。

存在の影も感じさせないけど、家にいないのかもしれない。

安達《あだち》のことは大体分かっているつもりだったけど、案外、大きい所を知らないものだった。

「じゃ、なんにも予定がないなら、遊んだ後に連れて帰っておいで」

「安達《あだち》を？」

「晩御飯一緒に食べた方が楽しいじゃない」

うちの母親はこういうことを言う。みんなで仲良くやれること前提で一切疑わない。

相手の事情だって知らないよと言わんばかりだ。

真似《まね》はできないけれど、この前向きさに救われる人だってきっといる。

「聞いてはみる」

うん、と母親が頷《うなず》いた後ににやっとした。

「私も聞いてみるか」

「……なにを？」

「ないちょ」

「かわいくねぇー」

率直な感想を述べたら、冗談の少ない蹴りが軽やかにわたしの足を掠《かす》めた。

「私にもね、それなりに交友関係あったりするのよ。ま、楽しみにしてなさい」

「あの、普通に会話続けないで蹴ったことについて触れてほしい」

「避《よ》けるなんて腕を上げたわね」

「それはどうも」

「上げたのは足だけど」

「うるさいよ」

それから、てってってと軽快な足音が聞こえる。ヤシロが両手を前に突き出すようにしながら、台所へ吸い込まれて行くのを見て「おっと」と母親が引き返していく。それからすぐに「ぎゃー」と廊下へ放り出されて転がるヤシロを見て、「……おかしな家」としみじみ思う。

中学生の頃ならきっと怒りを覚えたような、賑《にぎ》やかで能天気な物音。

今では嫌な気持ちは混じらない。

灯《とも》り始《はじ》めた暖房に手を近づけるような、そんな気持ちにさせてくれるのだった。


「お、なんだか懐《なつ》かしい展開」

待ち合わせに後からやってきたしまむらが、まずそんなことを呟《つぶや》いて笑う。

覚えていたんだ、とこちらもまず、そんなことを嬉《うれ》しく思った。

だってしまむらは、寝てばかりで一年も前のことなんて忘れていそうだったから。

それから遅れて、恥ずかしくなってきた。

モールの中に入ってすぐ、広場に設置されたクリスマスツリーの側《そば》での待ち合わせだった。周りを見れば都会の駅前みたいに待ち合わせの人で埋め尽くされて、暖房以上に人の熱気を感じる。家族連れも、男女も、そして女同士の待ち合わせもぽつぽつ混じっていた。

「これが安達《あだち》ちゃんの普通の格好ですか」

「な、なんでこうなったのか自分でも分からない」

結局今日も、チャイナドレスを着ている自分がいた。一つ違うのは、これが店の借り物ではなく自分で買ったものであり、つまり私服なのだ。これが。色々考えて買ってしまった。

本当に考えたのか？

「いいけどね、似合ってるし。それに普段見ないから特別感がある」

しまむらが覗《のぞ》き込《こ》むように、私をじろじろと眺める。恥じてコートを引き寄せて隠そうとすると、「まぁまぁ」と手首を摑《つか》んで止めてくる。コートの中をしまむらに覗《のぞ》かれるような形になって、なんだか、余計に気恥ずかしい。目と舌がいつものようにぐるぐる回っていくのを感じる。

「また見たいなと思ってたところだし」

「え」

「つー」

急に、スリットから指を這《は》わされて飛び跳ねた。摑《つか》んでいたしまむらと一緒にその場で踊るように跳ねまわる。しまむらと合わせて、不格好に踊るように。しまむらは半笑いだった。

飛び跳ねるのが終わってから、楽しそうに謝ってくる。

「ごめんごめん、驚いた？」

「ビックリ、したなんてものじゃない」

胸の奥底から湧く赤いものは一体なんだろう。激しい鼓動が耳鳴りのように聞こえる。

消えない鼓動が積み重なり、頭痛となりそうだった。

落ち着くのを来年の目標にしておいて良かったと心から思う。

残り少ない今年は、諦めた。

「うーん、でも安達《あだち》はこれくらいの方が面白いかも」

「お、面白い？　これくらい？」

しまむらの感想が意味不明だった。しまむらは笑ってばかりで説明がない。

恐らく、しまむらも具体的なものはないのだった。

ただ目の前の私が面白い、というだけで。

……喜んでいいのだろうか？

深く考えている暇はないので、こちらもまた、目前の出来事を優先する。

「あの、手を繋《つな》いで、くれませんか」

さっきまで手首を握られていたそれを、しまむらに差し出してお願いする。

慌てて摑《つか》むのではなくこうすればいいのだと、やっと学習した。焦《あせ》らない、そう焦《あせ》らないのだ。しまむらは私に会いに来てくれたのだから、彼女なのだから、なにも慌てることはない。

何度も言い聞かせて、お伺いを立てた。

「いいけど」

しまむらの方はいつも通り、あっさりと受け入れて手を取る。握ったしまむらの指先はここまでなにも触れてこなかったように冷たい。私はそこに、少し安心を得る。

そのまま二人で歩き出す。しまむらの選んだ方向には、レストランの輝きが並んでいる。

当たり前のように手を繫《つな》げることを喜ぶ半面、なんというか、当たり前すぎて隙間風のように流れていくというか……しまむらは何食べようかとばかりに、周りに目が行っている。

そんな私たちの間を、繫《つな》がっている手が暇そうに揺れていた。

「……しまむらって、照れたりとかすることある？」

「ん？　あるけど。ない人いないでしょ」

言ってから、いやいるかも、としまむらがすぐ撤回する。誰を思い浮かべたのだろう。

「そうだ、先にドーナツ買いに行っていい？　後にすると忘れそうだから」

「ドーナツ？」

「クリスマスプレゼントはそれがいいんだってさ。変なのにねだられちゃった」

ははは、としまむらが苦笑する。思い浮かべた相手を、なんとなく理解する。

「ん？」

つい指先に力がこもったのか、しまむらが繋《つな》いだ手を見下ろす。私としまむらの手は、こちらの方が少し白い。指は私の方がちょっとだけ長いだろうか。その分、しまむらを強く摑《つか》む。

しまむらは何も聞くことなく、また周囲に目を戻す。派手なクリスマスの飾りだったり、通りの中央に展示されている赤い自動車だったりといつも通りに世界を眺めていた。

私もいつも通り、そんなしまむらを見つめ続ける。

それから、しまむらしまむらと頭の中でうるさいな、と自分のことを今更思った。

最近そういうのを自覚していくあたり、ちょっと冷静になれたのかもしれない。

「しまむらは、私のことどれくらい考えたりする？」

「え？」

並ぶ看板を見上げながら歩いていたしまむらが、目玉を転がして落とすようにこちらを向く。

「どれくらいとは」

「なんていうか……一日の中で、私のことを考えたりするかな、って」

「んー、そりゃあ考えることもあるよ」

軽い。こう、軽いよ、と思ってしまうのは私が重すぎるのだろうか？

「ど、どれくらい……？」

「あーそういうどれくらいね。……えぇ？」

しまむらが難しそうに眉を寄せて、顎に手を添える。

「そんなのしっかり測ったり数えたりしたことなかったな……」

しまむらの困惑は、言われてみるとなるほどと思わずにはいられなかった。普通、そんなの明確に区切ったりはしない。私はずっとだから簡単に分かるけど、しまむらはそうもいかないのだ。本当はしまむらにもそれくらい考えてほしいのだけど、きっと、そうはいかない。

ドーナツ屋の前まで来てから、しまむらが確認するように尋ねてくる。

「わたしそんなに、安達《あだち》に対してやる気なさそうに見える？」

見える、と出かかったそれを呑《の》むも、しまむらには伝わってしまったらしい。

「それはいかんね、反省した。大いに反省」

そういう淡々とした読み上げるような調子が一層、助長していることに本人は気づいていないのだろうか。でもそういうところがしまむらの味なのかも、と思うあたりが末期だろうか。

「そんなこと、ないけど」

ぶんぶんぶん、と頭を横に振る。色々考えてくれているのは分かっているのだ。

「うーん……よし、ちょっと座ろうか」

しまむらがドーナツ屋の店内を控えめに指差す。窓に面した明るい空間からは、甘い香りと一緒に、中華の匂いもする。お昼にはイートイン用にそういうのも出しているみたいだ。普段は昼間には来ないので初めて見たかもしれない。

しまむらはここで食べるのとは別にドーナツを三つほど買う。妹と、あの変な生き物の分なのだろう。それを受け取ってから、しまむらは「あ」と何かに気づいたようにこちらを向いた。

「な、なに？」

「クリスマスプレゼントの用意を忘れてたよ」

去年は用意したのに、としまむらが申し訳なさそうに笑って目を逸《そ》らす。

「えと、私も何も用意してない……」

服装を考えるのにいっぱいで、こっちも忘れていた。

「それは丁度いいね」

「い、いいかな？」

「じゃあ食べてから一緒に買いに行こうか」

「あ、うん」

予定ができたので、かえってお互いに良かったのかもしれない。しまむらとはいつも、やることに困っている気がするから。それでも一緒にいたいと思うのが、所謂《いわゆる》好意というものの正体なのかもしれなかった。

お互いにトレイを持って、空いた席を探し求める。普段も多いけれど、今日は尚更《なおさら》の客足だった。家族連れが多いらしく、子供の高い声がそこかしこから聞こえてくる。その隙間を縫うように見つけた、窓際《まどぎわ》の席をなんとか確保した。

非常口の側《そば》で、隙間風のようなものを肘や肩に感じる。空いている理由がよく分かった。

でも私は既に手のひらや頬が火照《ほて》っていて、寒風に当たるくらいで丁度いいのかもしれない。

「安達《あだち》のことはね、勿論《もちろん》好きだよ」

席に着いてから、しまむらがまず水でも飲むような調子で愛を伝えてきた。

「そ、そ、そうなんだ」

平静を装《よそお》って一言で受け止めようとしたのに、二回ほどつまずいた。

「でもそれがちゃんと伝わっていないなら、こっちも改善しないといけないね」

「えぇとその、お願いします……？」

悪い話ではないように思えたので、中途半端《ちゅうとはんぱ》にお願いする形になってしまう。「うん」としまむらは軽く頷《うなず》いて、ドーナツを手に取った。出っ張って固まっているチョコレートを折って、それだけを口に放り込む。その甘さに満足したように、しまむらは静かに口元を緩めた。

その柔らかい口元を眺めていて、こちらの口もまた、崩れるように開かれる。

「私は、しまむらがいなくなったら生きていける気がしないくらい……で」

勢いが足りなくて、声にぐにゃぐにゃしたものが混じる。

「熱烈なところ申し訳ないけど、最後の方が聞こえなかった」

しまむらは容赦がない。ん？　ん？　と大きな瞳と爽やかな笑顔で追い詰めてくる。

「いじわる」

「いやぁ、安達《あだち》の話はちゃんと聞いておきたくて」

後で聞き返すのが難しい時もあるし、となぜか目を逸《そ》らしながらしまむらが呟《つぶや》いた。

「さぁどうぞ。ちゃんと聞くよ」

しまむらが髪を掻《か》き分《わ》けて耳を露出させる。そして耳を触りもしないのにぴくぴくと動かしたのでちょっと驚いた。驚きが顔に出たらしく、しまむらが不思議そうに聞いてくる。

「どうかした？」

「耳、動かせるの……珍しい気がして」

「え、そうかな」

しまむらが特に意識を集める様子もなく、また耳を微細に動かした。

「妹もできるけど、これ珍しかったのか」

「多分」

「安達《あだち》できないの？」

恐らく無理、と思いながら髪を分けてこちらも耳を見せる。耳にどう力を入れたらいいのだろう。頭の後ろまで溜《た》まった意識や力が耳まで届く気配がない。力むと顔が熱くなっていくだけだった。そんな私の様子を「ほほーぅ」と眺めながら、しまむらがドーナツを齧《かじ》る。

「まぁ、たまには安達《あだち》に勝たないとね」

ドーナツの甘さも含めて、しまむらが満足そうに笑うのだった。

たまには……私はこれまでどんなことで勝ったのだろう。……卓球？

体育館での卓球は割と勝っていた覚えがある。でもそれ以外……たくさんのことで、しまむらには負けっぱなしな気がしてならない。一日の大半をしまむらに費やしている時点で、私は完敗しているんじゃないだろうか。

「話が大分逸《そ》れた」

「うん」

「で、安達《あだち》は生きていくためにわたしがどうですって？」

食べかけのドーナツ片手に、しまむらが話を戻してくる。逃げられない。

そもそも、しまむらとのことで逃げるつもりなんて一つもないのだけれど。

甘く明るい空気を吸い込む。前歯で噛《か》むように、その隙間を抜けて。

「す、好きで……」

「あ、ちゃんと聞こえてたみたい。ごめんね」

にっこりするしまむらに、下唇が尖《とが》っていくのを感じた。

「やっぱりいじわるだ」

「へへへ」

笑ってごまかしてくる。幼さをふいに見せるようなその笑い方に、簡単にごまかされそうになる。そういうしまむらは酷《ひど》くずるい。なぜだろう？　普段は人を踏み込ませないしまむらの中心を覗《のぞ》けるような気持ちになるから、引き付けられてしまうのだろうか？

「しかしこういうのも慣れるというか」

しまむらが周りを見回すようにして、小さな笑い声を漏らした。

「好きかぁ。うんうん」

「な、なにその頷《うなず》き」

「いやさすがのわたしもね、安達《あだち》からのラブを疑ってはいないよ」

血がざわめくのを感じる。

「なんていうか……綺麗《きれい》で赤い、丸いものをさらけ出している感じがする」

「赤い……」

毎回出血でもしているのだろうか、私は。

しているかもしれない。

魂はいつも血のように溢《あふ》れ出《で》て、私を掻《か》きまわしている気がしてならなかった。

でも。

「でもしまむらは、私がいなくても生きていくだろうから……沈む……」

「沈む？」

そう表現するしかない気持ちだった。自分が円を描いて底に沈んでいくような、そんな感覚だ。多分、私にとってしまむらが世界の全てを構成するからだろう。

そのしまむらと確かなる隔絶があるのならば、私は、沈むしかない。

真《ま》っ直《す》ぐ平坦《へいたん》な地平で生きることはできなかった。

「ふむ」

しまむらは取りあえず反応してみたという感じだった。でもすぐに言葉を継ぐ。

「そうかもね」

安易に取り繕わず、本音を返してくる。

「仲良かった友達は昔たくさんいたけど今はほとんど会わなくて、でも平気に毎日が過ぎてる。もしかすると、安達《あだち》とのことだってそうなるのかもしれない」

今は握っていないその右手を、ゆっくりと持ち上げる。

指先は宙をゆっくり摑《つか》んで、開きかけて。

でももう一度、固く握り直す。

「だから、いなくならないように一生懸命……そう、面倒くさがらないようにしないとね」

「面倒」

「うん。相手をどう思っているかとか、相手とどうありたいとか……そういうのをなぁなぁで流してはだめで、見失わないようにしないと。その辺本当に慣れてくると手癖みたいになっちゃってさ、薄れていっても気づかなくなっちゃうんだ」

それはとても寂しいことなのだと、しまむらは語った。

そのしまむらは少し笑って、そしてすでに寂しそうで。

きっと、その経験したことを思い返しているのだろう。

私はそんなしまむらを見ていて、思う。

自分はそんな風に思い返されたくないって。絶対、そっちへは行かない。

だから、今を。

その気持ちが私を突き動かす。いつだってそうだし、きっとこれからも走る。

しまむらと私の間には、そんな力が働くのだった。

しまむらの手を取る。両方とも、しっかり繋《つな》ぐ。

しまむらは最初、目を丸くする。それからしょうがないなぁって感じに笑う。

年上のように、身長差が逆転したように錯覚する、いつもの微笑《ほほえ》み方《かた》だった。

「あの、輪になって不便なんですけど」

なにもできない、としまむらが私たちの腕を上下に揺らす。正面から見つめ合うことはできて、私としてはそれだけで割と満足なのだけど確かに、他になにもできない。

私はまた、なにか間違えている気がしてならない。

でもなにもしなかったらしまむらの手が少し冷えていることも知ることはできなくて……だから、これでいいのだと思い込むことにした。

「と、取りあえず今できそうなことを……してみた」

今できることを今やって、後にできることは後でやる。それでいっぱいいっぱいだ。

できて明日があるだけでもありがたい気がした。

しまむらとの明日が。

「……安達《あだち》ってほんと、今を生きてる感じがするね」

「そ、そう？　かな？」

そんなカッコいい響きに相応《ふさわ》しい生き方をしているだろうか。

でも確かに、私には思い出というものがおよそ欠けている。

そして、私には今にしかしまむらがいない。少なくとも、今この時は。

一年前はまだちゃんと覚えていて、そこにある。だから昔じゃない。

私は、いつかしまむらと過去を過ごせるだろうか。

「そういう割り切ったところは」

しまむらがなにかを言いかける。でもそこで一度、目を瞑《つぶ》って。

「嫌いじゃないと言いかけたけど、うん、こういうとこかな」

なにかを顧みるように呟《つぶや》いた後、しまむらは私の目を覗《のぞ》くように、正面、真っすぐ。

「好きだぜ、安達《あだち》」

そう言って。

ははん、としまむらが分かりやすく照れて目を逸《そ》らした。

言葉よりも、そのしまむらの反応に目を、心を惹《ひ》かれて放心しそうになる。

「あ」

急に戻ってきたしまむらの目が丸くなる。

「安達桜《あだちさくら》って顔になった」

「え、どういう顔？」

わけが分からなくて確認すると、ほどけたしまむらの手が伸びた。

しまむらの指は、既に十分に、私を溶かすほどに熱くなっていた。

「耳と—」

しまむらが耳を摘《つま》んで、それから頬をつつく。

「ここが桜色」

にまーっと、本当に楽しそうに。

しまむらが、笑う。

指摘された私にはきっと、桜花《おうか》の嵐が吹き荒れたことだろう。

おまけ『安達《あだち》と島村《しまむら》とクリスマス』

「イエィ、デートしない？」

『は？』

「じゃあパーチーしよう」

『あなたって頭と日本語どっちがおかしいと思ってる？』

「あら失敬な」

少し考える。

「強いて言うと日本語かなぁと思うのよね」

『へぇそうなの』

「デートもパーチーも英語だけどね」

『うるさいよ』

娘と同じ反応をするものだからつい笑ってしまう。

暖房の熱風が伸ばした足に当たってチリチリして、電話しながら掻《か》く。

『ところでなんの話かなにも分からないんだけど』

「あー、うちは毎年クリスマスにちょっと豪華にお食事なんてしていましてね」

『ああそう、素敵ね』

「あなたも来ない？　ってお誘い」

『はぁ？』

「勿論《もちろん》、豪華な夕飯は私が作ってるのよ」

凄《すご》いだろと自慢する。旦那も娘たちもその辺あまり触れてくれないので、ここは大いに賞賛されようとはっきり言う。

安達《あだち》ちゃん母《はは》のことを抱月《ほうげつ》に話すのはすっかり忘れていたけど、今日ついでに話せばいいだろう。ところで凄《すご》いねはまだかなと待っていると、安達《あだち》ちゃん母《はは》の声色は更に低くなった。

『あなたね』

「私ね」

『バカですね』

「そう？」

『なんで他人様の家のクリスマスパーティーに乗り込んでいくと思うの』

「アメリカでは普通よ普通」

知らんけどアメリカ。でもボブやジョンが陽気にパーチーしている印象しかない。

「それに、きみは一人じゃないぜ」

『あなたはいらない』

読まれた。

「私じゃないぜ」

『その方が嬉《うれ》しいけど他にいないでしょ』

「安達《あだち》ちゃん」

名前を出すと、名前じゃないけど、安達《あだち》ちゃん母《はは》の声が止まる。息はどうだろう。

話しかけてくるまで待って、大きく伸びをする。波打つ変な声が漏れて、相手にも伝わったことだろう。

『どういうこと？』

「うちの娘がお宅の娘さんと今出かけていてね」

『ああそれは……まぁ知ってる』

「その後、うちでご飯食べようと一緒に帰ってくる……はず」

『はず？』

「確定じゃないけどね、多分来ると思う」

うちの娘は割とその辺の誘い方が上手《うま》い。というか、なんとなく上手《うま》くいく。

人に好かれるものがあるのかもしれない、ぬぼーっとしているのに。

……ぬぼー以外は母親似だな。ぬぼーは旦那に押しつけよう。

『娘が来るなら、尚更《なおさら》行く気にならないわね』

「なんでー？」

『……あなたこう察するものとかないの？』

「ああ仲悪いんだっけ？　じゃあこれを機に仲良くなればいいのよ」

台所へ走って行こうと目の前を横切る、なんか光ってるのの首根っこを摑《つか》んでおく。

「うぉわー」

『……あなたねぇ』

大きなため息が聞こえてくる。

「安達《あだち》ちゃんがうち来てもアウェー感あるかなと思うからお母さんも来て頂戴な」

『私がいても、桜《さくら》の味方には……』

「え、味方しないの？　悪い人？」

『極端すぎるわよ。そうじゃなくてさ、ってあなたに話したくもないけど』

「一回ね、無理にでも笑って手を繫《つな》いでみるといいわ。笑顔に慣れないとね」

『無理』

「無理にでもつってんでしょ」

一回やってみれば無理じゃなくなるので、やれと強制する。

「いいじゃない、娘とクリスマス過ごすの。ものっそい正しいことよ」

でも安達《あだち》ちゃんとその母二人きりだったりすると間違いなく空気が淀《よど》む。

「そこの潤滑油を私が買って出たわけじゃないか」

「……………」

「すごーい、やさしーい、フレキシブルー」

『自分で言ってて楽しい？』

「割とね。試しにやってみたら？」

お手軽に前向きになれるし。

「それにさ、なんにも起きなくてもいいじゃない。思い出になれば」

これから先、ずっと遠い時間の向こう。その時間を過ごす時、ふと思い出せればいい。

そういうものが、一番大事だろう。

『……あなたって親切では間違ってもなくて、お節介でもなく、単に自分勝手なだけよね』

「んー、どうかなー」

確かに親切で提案したわけではない。楽しい人が多ければ、間違いなく楽しい。

そういう考えで動いている。

「旦那さんも連れてきていいわよ」

言ってからなんだけど、食卓にさすがに座りきれるか怪しくなってくる。

こんなのもいるし、と摑《つか》んでいるのを左右に揺らす。本人は宙づりでも楽しそうだ。

『うちは旦那いないわよ』

「あ、そうなの？　失礼」

『別に……ねぇ本当に行くの？』

「私に聞かれても困るわー」

『拒否するのも面倒だからあなたが決めて……いや本当に考えるの面倒くさくなってきた』

「こーい！」

へーイ、と煽《あお》る。分かっていないだろうけど光っているのもへーいと真似《まね》する。

『はぁ……行けばいいのね？』

「どうせならもっと前向きに来なさいよ、いや楽しいからきっと。私は」

『あなた、一人で何やってても楽しそうね』

「そんなことないよ、むしろ結構寂しがりやさんかな」

『あ、そ』

「だから来てねん。七時くらいに食べ始めるから」

『はいはい……』

伝えることは伝えたので電話を切ろうとすると、まだ向こうの吐息が届いている。

「あらなにか？」

『なんであなたに電話番号教えたのかって、後悔しているとこ』

「いぇーい、いっぱいしなさい」

あははははと笑っていたら電話が切れた。あー、楽しかった。

安達《あだち》ちゃんとはまた違う冷たさが面白い。

「あ、しまむらさんがそろそろ帰ってきますねー」

捕まったままのやつがそんなことを言いながら玄関の方を向く。

「えー、そう？」

「どーなつの甘い香りがしますぞ」

「んー……さっぱり分かんね」

分からないけど、他人にしか見えないものもある。

私と安達《あだち》ちゃん母《はは》の感じるものがまるで違い、別のものが見えるように。

分からんから、他人が必要だ。

そういうわけで掴《つか》んだまま一緒に玄関に向かってみる。

「お」

こんこんと、いつもの帰りを告げるノックが聞こえてくる。

その隣にはきっと、いつも仲のいい人影が並んでいるのだろう。

「ママさんはさんたさんですかな？」

「む？」

「安達《あだち》さんに安達《あだち》ママさんをぷれぜんとしましたな」

光っているのがわちゃわちゃ動きながらそんなことを言う。

「うーん、なるほど」

言われてみれば、なんだか素敵な感じじゃないか。

「たまにはいいこと言うじゃないただ飯食らい」

「わたしはちょーいいやつですので」

そんなサプライズのプレゼントを用意しながら、二人を出迎える。

「おかえり、我が娘たち」

面倒なので、どっちも娘にしてしまった。

五章『割り切ってない関係ですから。』

「あの、私は」

「いいじゃん娘で」

出迎えた母親がいきなり安達《あだち》まで娘認定してきた。わたしはともかく安達《あだち》が面食らっている。

わたしは靴を脱ぎながら、直前まで握っていた手に残る安達《あだち》の熱を思う。

「あんたもいいでしょ？」

「えー？　どうかな」

適当に答える。安達《あだち》がしまむら家の娘に……なったら、何がどうなるのだろう。取りあえず彼女同士は解消……すればいいのかな？　それともそのまま？　そのままでも不都合はない気がする。姉妹で彼女というのも若干複雑だけど、今更感はある。

ただ妹と安達《あだち》が姉妹になっても仲良くするのは想像つかない。どっちも巣穴に引っ込んでしまうような印象がある。ただ分かるのはわたしが姉で安達《あだち》が妹になるのだろうということだ。

「あんたも娘にしたげるから」

「元からだよ」

「やーん、知ってるー」

背中を爪先で押してくる。帰ってきたら、今日は三割増しだった。

「三割増しで、うざい」

「んまーなんてこと言うの」

ねぇ、と母親が首根っこを摑《つか》んでいるヤシロに同意を求める。ヤシロは手足を宙にぱたぱたとさせながら、確実にドーナツの入った袋を見つめていた。分かりやすいやつ。

「あの、お邪魔します」

靴を脱いで揃《そろ》えた安達《あだち》が、おずおずと頭を下げる。

よく分からないやり取りを挟んだためか、若干浮いた感さえある挨拶だった。

「はい、いらっしゃい。遠慮なく楽しんでね」

安達《あだち》にはなかなか難しいことを言ってくる。それから母親は、安達《あだち》の格好に気づいた。

「あら素敵なお召し物」

「あのこれは、その、しまむらが喜ぶかなって……」

安達《あだち》が目を回しながら、さらりと問題発言をこぼした。わたしに飛び火してくる。

母親の無遠慮な視線がこちらを捉えた。

「へー、そういう趣味なのあんた」

「趣味って」

「私もけっこう好きよ安達《あだち》ちゃん！」

いぇーいと豪快に親指を立ててくる。安達《あだち》はどう反応したものか困ったように、わたしに視線を送ってくる。わたしだって分からない。分からないので、便乗した。

「いぇー」

親指を立てて安達《あだち》に突きつける。親指に包囲されて、安達《あだち》が余計に翻弄される。じりじり後退する安達《あだち》に、じりじり距離を詰める母子とおまけ一匹。壁際《かべぎわ》に安達《あだち》を追い詰めて、さて別段やることもなく。どうしようとこっちの親指までオロオロしてきたところで。

「用意してこようっと」

ぽいっとヤシロを放ってから、母親が台所へ向かう。飽きたらしい。投げ捨てられたヤシロがしゅたっと着地してから、ドーナツの袋の周りをうろうろし出す。猫みたいな仕草のライオンだ。今にも飛びかかって奪取してきそうなそれを避《よ》けるついでに、廊下の奥からこちらを覗《のぞ》く人影を見つけたので手招きする。小さなそれは迷いながらもこちらにやってきた。

安達《あだち》が母とはまた違った調子で、びくっとした。

「こ、こんばんは」

安達《あだち》が戸惑い気味に妹に挨拶する。妹は家族以外への人見知りをしっかりと表面に着飾った顔で、「こんばんは」とぼそぼそ返す。

「こんばんはですぞー」

おまけの方は呑気《のんき》そのもので、誰が相手でも変わらない。そしてわたしの持ち帰ってきた袋にまだ目が行っている。袋を右に動かすと右に、左に動かすと左へと釣られてふらふら動く。

「ほーれほれ」

ちょっと面白くなってきて左右に躍らせる。合わせて動く度に、頭の蝶《ちょう》がひらひら舞って鱗《りん》粉《ぷん》めいたものが軌跡を描く。綺麗《きれい》だけど、いつまでも躍っていそうなので意地悪を止《や》めて袋を渡した。

「わほーい」

「妹の分もあるから、仲良く分けてよ」

「はいはーい」

袋を掲げて、てってってとヤシロが走っていく。妹はわたしと安達《あだち》を交互に見て、ややためらうような素振りを見せながらもヤシロを追っていった。見届けて、空気が落ち着くのを感じ取り、一度息を吐く。廊下の空気は、騒がしさと裏腹に冷え切っていて、喉を鎮《しず》める。

「いやごめんね、うち慌ただしくて」

「う、ううん」

多分、安達《あだち》の家にはこんなにたくさんの足音はないのだろう。

安達《あだち》の望むような空気感はないことを知りながら誘ったので、少し申し訳ない。

でも安達《あだち》の願いが世界の全てじゃない。わたしには、わたしに見えている世界がある。

その世界に、安達《あだち》も、他人も必要だった。

台所を覗《のぞ》くと、母の用意した様々な料理がテーブルを席巻《せっけん》していた。子供と、母自身が好むような料理ばかりだ。

「ヤチー、おやつはご飯の後だよ」

「そーなのですか？」

「そうしないとご飯が……ヤチーは全部食べちゃうだろうけど」

こりゃ困ったなー、と姉ぶっている妹が少しおかしい。二人は仲よく並んで座っていた。わたしと安達《あだち》もきっと並ぶのだろう。空いている椅子に、安達《あだち》は左、わたしは右に座る。逆にすると食事の際に腕がぶつかると修学旅行で学んだのだ。

座ると、香ばしい匂いが鼻に一気に近寄ってくる。その後、暖房の熱が鼻を覆った。

「……あれ？」

全員数えても、椅子が一つ多い。誰の分、と確認する前に父もやってきた。

「おやおや、女子ばっかりでお父さん身の置き場に困るよ」

ははは、と空になったコップ片手に父が困ったように笑う。

「ではわたしがお友達になりましょう」

すちゃ、とヤシロが手を上げる。既に片手にはプラスチックのフォークが握られていた。

「いやぁいい子だねきみは」

「ちょういいやつですからな」

「……ところで、どこの子かな？　いつも家にいる気がするけど」

「隣の方からきました」

なんだその誰も納得できそうもない設定。

「隣？　隣かぁ、うーん隣……隣？　うん、まぁ隣か」

ここで納得してしまうことに、なんとなく血筋めいたものを感じた。

「あの、お邪魔してます」

安達《あだち》が機を見計らい、控えめに挨拶した。うちの父親とまともに会話するのはこれが初めてじゃないだろうか。父はいつものように穏やかな声と態度で「うん」と応対する。

「抱月《ほうげつ》の友達？」

「そう、です」

安達《あだち》が多少の引っ掛かりを覚えるようにしながらも肯定する。彼女とか訂正したら楽しいクリスマスがどう舵《かじ》を切っただろう。チキン片手に家族会議が始まったかもしれない。

「ん、おや……そうか、前に外で見た子か」

チャイナドレスを見て思い出したらしい。安達《あだち》がこくこく頷《うなず》くと、父は「うーん」と挟み。

「若さというのはいいね。行動が縛られない」

安達《あだち》の出《い》で立《た》ちについて、とても前向きに解釈してきた。

「わたしも行動がおかしいって言われるから若いってことでいい？」

「えっ、うん」

母に振られた父の生返事は、なにかのお手本になりそうなくらいに空虚だった。

「うん、おかしいね……おかしい」

父の小声の付け足しが、様々な感情を物語っていた。そして誰も特に擁護はしない。

「そういう時はさー、せめて豪快とか表現してあげるのが……」

母がなにか話している最中、呼び鈴が来訪者を告げる。宅配とかだろうか、と音を追いかけるように天井を眺めていると。

「お、来たね来たね」

「なにが？」

「あんたと同じ」

母親が嬉々《きき》と席を立つ。

「私の友達が来たのよ」

「え、誰？」

だれだれ、と父に目で問う。知らねーとばかりに父も母を目で追っていた。母親は友達が多い方ではあるけど、家のクリスマスにわざわざ呼ぶほどとなると、家族でも心当たりがない。

「まぁまぁ」と笑いながら、母が浮かれたように玄関へ走っていく。そして。

「スペシャルゲスト来ましたー」

「え……」

その驚きはわたしと安達《あだち》、どちらから漏れたものなのか。

うちのお母様が連れてきたのは、安達母《あだちはは》だった。安達母《あだちはは》の腕をがっちり摑《つか》んで、嫌がる人を無理に引っ張ってきたような構図だった。安達母《あだちはは》はしかめ面《つら》で、安達《あだち》を見つけると更に渋そうな顔つきになった。安達《あだち》の方は予想外すぎる登場だったのか、まだろくに反応できていない。

「どぅ、どぅーゆーこと？」

固まっている安達《あだち》の代わりに尋ねる。

「友達なんだってば」

「いつなったのよ」

「昨日」

ここ座って、と安達母《あだちはは》を自分の隣に招く。安達母《あだちはは》は「コートくらい脱がせて」とこぼす。

「あ、安達《あだち》ちゃんの隣の方がいいかな？」

「え」

今度は明確に安達《あだち》の声だった。上擦って、受け止めきれないようで。

その音さえ見つめるような安達母《あだちはは》の視線に、輝くものはなかった。

安達母《あだちはは》は脱いだコートを畳みながら、小さく息を吐く。

「それは、いいわ」

「そーう？　うんじゃあ向かい側でもいいか」

早く早く、と椅子の背もたれを叩《たた》いて子供みたいに催促する。安達母《あだちはは》は目を瞑《つぶ》るように苦渋を浮かべて、「ウザ」とぼやきながらもその席に着いた。

お互いの母が、テーブルを挟んで並んでいる。

なんの冗談かと思う状況だ。

繋《つな》がりは何となく分かる。スポーツジムだろう。過程は分からないけれど知り合ったらしい。

今の今まで聞いたことなかったけど。その安達母《あだちはは》が、うちの父に小さく会釈《えしゃく》する。

「すみません、お邪魔して」

「あーいえいえ。ええと、こちらのお母さん？」

父が安達《あだち》に目をやりながら確認する。纏《まと》う雰囲気顔つき全てが似ているから判断は容易《たやす》かったのだろう。「ええ」と安達母《あだちはは》の返事は短い。安達《あだち》はというと、縮こまってしまっている。

犬っぽいいつもの安達《あだち》でもある。

「同じジムに通ってんのよ。名前はねー、えっとねー、桜《さくら》だっけ？」

「それ娘」

あっち、と安達母《あだちはは》が娘を指す。安達《あだち》は俯《うつむ》き、目も合わせない。

「そうだった。えっとねー、安達《あだち》ちゃん母《はは》」

「もういいわあなた」

うるせぇ黙れを品よく伝える。勿論《もちろん》、その程度で黙る母ではないけど。

それはそれとして、安達母《あだちはは》と目が合う。部屋が暖まっているせいか、サウナの壁を錯視する。

「お久しぶり」

「どうも」

ぎこちなくご挨拶する。まさかこんな出会い方をするとは思わなかった。

そのやり取りを横で見ていた安達《あだち》が、どういうことと視線でわたしに答えを求める。

「前にちょっと」

「大したことじゃないわよ」

二人揃《そろ》って有耶無耶《うやむや》にすると言い訳めいたものになってしまった。実際、本当に大したことではないのだけど安達《あだち》は納得しかねるように目が揺れている。

「また今度話すね」

話すこともないのだけど、そんな風に後回しにしてしまう。

でも説明はしづらい、少し意地になってサウナに一緒に入ったというだけだから。

「わたしはすぺしゃるではないのですか？」

「ヤチーいつもいるじゃん」

「それもそうですな」

わははは、とあっちではちびっこが盛り上がっている。ついでに父も微笑《ほほえ》ましそうにそれを見ている。片方が得体の知れない宇宙人らしき生き物であることを忘れたら心温まる風景ではあった。

「これ食べてみてよ、わたしが作ったんだぜ」

母が安達母《あだちはは》にあれこれと料理を勧める。安達母《あだちはは》は何か言いたげに横目で母を見るも、「いただくわ」とその善意を受け取る。安達母《あだちはは》は娘と同じく左手に箸を持つ。座った位置の関係で、母の肘とがしがしぶつかっている。母はそれさえも楽しんでいるようだった。わたしの母親はいつも陽気だけど、今日は一層という様子だ。安達母《あだちはは》のことをよほど気に入っているのだろうか。安達母《あだちはは》の方はつれない態度で一貫しているけれど、拒絶するわけでもなく付き合っている。

……付き合っている……友達どころか彼女だったりして。浮かんだ軽い冗談にはははまさか、と半笑いで隣の安達《あだち》を一瞥《いちべつ》する。ははは。考えてみれば、お互いの娘はそのまさかで今繋《つな》がっているのだった。……ははは。

怖いから深く考えるのをやめた。

「味付けが濃い」

母の料理を口にした感想はまずそれだった。

「あなたの性格みたいな味ね」

「染《し》み渡《わた》るでしょ？」

「喉が渇く」

「……………………はぁ」

どんな皮肉も吸収して通じない母に諦めたのか、安達母《あだちはは》が椅子の脇に置いたそれを手に取る。

「なんにも持ってこないと悪いかと思って、一応持ってきたわ」

「なんだ思ってたよりいいやつじゃない」

ははは｜、と母親が景気よく安達母《あだちはは》の肩を叩《たた》く。安達母《あだちはは》の眉間の皺《しわ》の寄り具合が色々物語る。

「なに用意してきたの？　北京《ペキン》ダック？」

「バカじゃないのあなた。……あ、旦那いるんだったわ……」

飛び出た率直な罵倒につい、安達母《あだちはは》が口を塞ぐ。そして父親をちらりと一瞥《いちべつ》する。

ケーキの包装紙を丁寧に剝がしている最中だった父親が視線に気づいて、「ああ」と笑う。

「いいですよ、大体その通りだから」

「ひっど。北京《ペキン》ダック美味《おい》しいじゃない」

「そこじゃない」

「食べたことないけど」

「あなたね」

安達母《あだちはは》が酷《ひど》く長い溜息《ためいき》と共に、額を手で覆う。当人たちはどうか分からないけれど、傍《はた》から見ると十分に友達やっているように見えた。うちの母はその馴《な》れ馴《な》れしさからか、人間関係の構築に長《た》けている。長《た》けているというか、いい加減でも無理やり繋《つな》いでしまうのが得意というか。父は以前にそうした母のことを、人たらしみたいなところがあると評していた。

「で、なに持ってきたのなになに」

「お酒とちょっとしたお菓子」

「なんだ」

母親が一瞬で醒《さ》める。

「わたしお酒はまったく駄目」

無理無理、と母親が手を横に振る。そういえば、家でお酒を飲んでいるのは見たことがない。

父は時々、貰《もら》い物《もの》の缶ビールを開けたりはしている。わたしは飲めるのだろうか。

やや不本意ながら、母親似らしいけど。

「まぁ普段からー、ずっと酔ってんのかって言動ですしー」

げはははは、と母が笑い飛ばす。これに似ているのか、とちょっと顔が引きつりそうだった。

安達《あだち》の方は母がお酒を持ってくるくらいだし、飲める方かもしれない。

勿論《もちろん》、なんちゃって不良だったわたしたちはそんなこと試した経験はないのだった。

今思うと、授業サボるくらいしか不良要素はない。

勿論《もちろん》それは学生としては不良です、慎みましょう。

「ほら娘にもなにか話振ってあげなさいよ」

母がまた安達母《あだちはは》に絡《から》む。語気は強引で、その肩を摑《つか》むような圧を感じる。

安達《あだち》にまで届くように、びくりと肩が揺れた。

「そういうのは……」

「いいから、ね？」

今度は優しく促すように、言葉が柔らかく意思を包む。その緩急のうまさが人たらしの所以《ゆえん》だろうか。ぐにゃぐにゃとした母を押し返すことに失敗して、そうやって押し負けて口を閉じた表情は、安達《あだち》そっくりだった。

安達母《あだちはは》が箸と皿をテーブルに戻して、正面に座る娘を見る。目の端をひくひくさせながら。

一方の安達《あだち》も、急に背筋を伸ばして肩が四角くなったようにお行儀良くなる。

どっちもがちがちで、面接試験みたいだった。

「その、なに」

安達母《あだちはは》が言葉に迷うように躓《つまず》いて、咳払《せきばら》いする。そして、「え、なに？」と自分への疑問を発する。まるで呼びかける言葉が出てこないみたいだ。

「原稿書いてあげようか？」

「うるさい」

母の口を安達母《あだちはは》が押さえる。口を塞がれたまま、母がわたしに目配せしてくる。視線の意味は恐らく、わたしが安達《あだち》の背中を押してやれということだ。どうしろと。

安達《あだち》に話したいことなんて思い浮かばないだろうし、無理に話させても酷《ひど》いことになるし、そういうことじゃあないだろうって気持ちもある。

だからここは、大人を信じた方が早い。

「待とう」

テーブルの下で安達《あだち》の手を握りながら、それだけ言う。

安達《あだち》は指先に加えた力で、それに返事した。

そして、未《いま》だ母を押さえている安達母《あだちはは》が、やや俯《うつむ》きがちに。

「冬は、もっと暖かい格好しなさい」

散々考え抜いて出たものは、温かいやり取りでも、柔らかい愛情でもなく。

不器用極まりない心配だった。

「うん」

安達《あだち》の返事も、たったそれだけ。わたしの手を強く握りながら、ぐっと、絞り出す。

結末だけ言うと、この親子は今日、それくらいしか会話を交わさなかった。

だけどそのわずかなやり取りを聞けたことに満足するように、母は笑う。

わたしはどうだろうと、そっと頬に触れて。なんとなく、分かった。

ここまでほとんど喋《しゃべ》ることのなかった安達《あだち》の顔を覗《のぞ》く。安達《あだち》は、別の人に絡《から》まれる自分の母をじっと見据えていた。わたし以外を見ている安達《あだち》は珍しくて、そんな認識に少し照れて、それから物珍しさに引かれてそんな安達《あだち》を見つめ続ける。

戸惑いの中に熱を帯びた安達《あだち》の瞳は、今までにない輝きを見せていて、とても綺麗《きれい》だ。

「安達《あだち》、楽しい？」

騒ぎの隙間に指を入れるように、そっと聞いてみる。

「ううん、あんまり」

安達《あだち》は飾らず、率直に感想を漏らす。

でも。

「楽しくない」

いつもより少し温かい声を、そっとこぼすのだった。

あとがき

禍福《かふく》は糾《あざな》える縄の如し。

入間人間

◉入間人間著作リスト

海のカナリア（同）
探偵・花咲太郎は閃かない（メディアワークス文庫）
探偵・花咲太郎は覆さない（同）
六百六十円の事情（同）
バカが全裸でやってくる（同）
僕の小規模な奇跡（同）
昨日は彼女も恋してた（同）
明日も彼女は恋をする（同）
時間のおとしもの（同）
彼女を好きになる12の方法（同）
たったひとつの、ねがい。（同）
瞳のさがしもの（同）
僕の小規模な自殺（同）
エウロパの底から（同）

砂漠のボーイズライフ（同）
神のゴミ箱（同）
ぼっちーズ（同）
デッドエンド　死に戻りの剣客（同）
少女妄想中。（同）
きっと彼女は神様なんかじゃない（同）
もうひとつの命（同）
もうひとりの魔女（同）
僕の小規模な奇跡（アスキー・メディアワークス）
ぼっちーズ（同）
しゅうまつがやってくる！　－ラララ終末論。Ⅰ－（角川アスキー総合研究所）
ぼくらの16bit戦争　－ラララ終末論。Ⅱ－（KADOKAWA）

本書に対するご意見、ご感想をお寄せください。

ファンレターあて先
〒102-8177　東京都千代田区富士見2-13-3
電撃文庫編集部
「入間人間先生」係
「のん先生」係

初出

『ヤング島抱月』／「電撃文庫MAGAZINE 2020年5月号」(2020年4月)
文庫収録にあたり、加筆、訂正しています。
『AKIRA』、『TAEKO』、『テンペスト　～桜花聖誕帖～』、『割り切ってない関係ですから。』は書き下ろしです。

電撃文庫

安達《あだち》としまむら9

入間人間《いるまひとま》

2020年10月10日　初版発行
2022年11月25日　再版発行

発行者　山下直久
発行　株式会社KADOKAWA
〒102-8177　東京都千代田区富士見2-13-3
0570-002-301（ナビダイヤル）
装丁者　荻窪裕司（META＋MANIERA）
印刷　株式会社KADOKAWA
製本　株式会社KADOKAWA

●お問い合わせ
https://www.kadokawa.co.jp/（「お問い合わせ」へお進みください）
※内容によっては、お答えできない場合があります。
※サポートは日本国内のみとさせていただきます。
※Japanese text only

※定価はカバーに表示してあります。

ISBN978-4-04-913128-4　C0193　Printed in Japan

電撃文庫　https://dengekibunko.jp/

電撃文庫創刊に際して

文庫は、我が国にとどまらず、世界の書籍の流れのなかで〝小さな巨人〟としての地位を築いてきた。古今東西の名著を、廉価で手に入りやすい形で提供してきたからこそ、人は文庫を自分の師として、また青春の想い出として、語りついできたのである。

その源を、文化的にはドイツのレクラム文庫に求めるにせよ、規模の上でイギリスのペンギンブックスに求めるにせよ、いま文庫は知識人の層の多様化に従って、ますますその意義を大きくしていると言ってよい。

文庫出版の意味するものは、激動の現代のみならず将来にわたって、大きくなることはあっても、小さくなることはないだろう。

「電撃文庫」は、そのように多様化した対象に応え、歴史に耐えうる作品を収録するのはもちろん、新しい世紀を迎えるにあたって、既成の枠をこえる新鮮で強烈なアイ・オープナーたりたい。

その特異さ故に、この存在は、かつて文庫がはじめて出版世界に登場したときと、同じ戸惑いを読書人に与えるかもしれない。

しかし、〈Changing Times,Changing Publishing〉時代は変わって、出版も変わる。時を重ねるなかで、精神の糧として、心の一隅を占めるものとして、次なる文化の担い手の若者たちに確かな評価を得られると信じて、ここに「電撃文庫」を出版する。

1993年6月10日
角川歴彦

電撃文庫DIGEST　10月の新刊　発売日2020年10月10日

安達としまむら9 【著】入間人間　【キャラクターデザイン】のん	安達と出会う前のしまむら、島村母と安達母、日野と永藤、しまむら妹とヤシロ、そしていつもの安達としまむら。みんなどこかで、少しずつ何かが変わっていく。そんなお話です。
新作 続・魔法科高校の劣等生 **メイジアン・カンパニー** 【著】佐島 勤　【イラスト】石田可奈	数多の強敵を打ち破り、波乱の高校生活に幕を下ろした達也。彼は新たな野望の実現のため動き始めていた。それは魔法師のための新組織『メイジアン・カンパニー』の設立。達也は戦い以外の方法で世界を変えようとする。
魔王学院の不適合者8 ～史上最強の魔王の始祖、転生して子孫たちの学校へ通う～ 【著】秋　【イラスト】しずまよしのり	転生の際に失われた記憶を封じた《創星エリアル》。その存在を知ったアノスだが、かの地では二千年前の魔族《魔導王》が暗躍し――？　第八章《魔王の父》編!!
幼なじみが絶対に負けないラブコメ5 【著】二丸修一　【イラスト】しぐれうい	丸末晴ファンクラブ爆誕！　末晴に女子ファンが押し寄せる事態に、黒羽、白草、真理愛の３人で、まさかのヒロインズ共同戦線が成立!?　彼女たちにもファンクラブが誕生し、もはや収拾不能のヒロインレース第５弾！
アポカリプス・ウィッチ③ 飽食時代の【最強】たちへ 【著】鎌池和馬　【イラスト】Mika Pikazo	セカンドグリモノアを『脅威』の群れが覆い尽くす。その最下層には水晶像となり回復を待つ旧友ゲキハ達が取り残されているのだ。学校奪還を目指すカルタ達だが、指揮を執るキョウカの前に人間達の『黒幕』も現れ――。
オーバーライト2 ――クリスマス・ウォーズの炎 【著】池田明季哉　【イラスト】みれあ	ヨシの元にかつてのバンド仲間、ボーカルのネリナが襲来！　時を同じくして、街ではミュージシャンとグラフィティ・クルーの間に《戦争》が勃発。消されたブーディシアのグラフィティ、そしてヨシをめぐる三角関係の行方は!?
女子高生同士がまた恋に落ちるかもしれない話。2 【著】杜奏みなや　【イラスト】小奈きなこ	八年越しの想いを伝え合った、わたしと佑月。友達よりも特別だけど、好きとか付き合うではない関係。よく分からないけど、ずっとこのままの２人で――と思っていたら、文化祭の出し物を巡り思いがけない事態が発生し――。
魔力を統べる、破壊の王と全能少女2 ～魔術を扱えないハズレ特性の俺は無刀流で無双する～ 【著】手水鉢直樹　【イラスト】あるみっく	成績不良を挽回するため、生徒会のミッションを受諾した無能魔術師の円四郎。全能の魔術師メリルと学園トップ層の美夜の３人で高層ビルを爆破する爆弾魔を探るが、犯人はどうやら学園の先輩、宇佐美七海のようで――!?
新作 **バケモノたちが嘯く頃に** ～バケモノ姫の家庭教師～ 【著】竜騎士07　【イラスト】はましま薫夫	名家の令嬢の家庭教師として、御首村を訪れた青年・塩沢磊一。そこで彼が目にしたものは、人間のはらわたを貪る美しき“バケモノ”、御首茉莉花の姿だった――！　竜騎士07最新作が電撃文庫から満を持して登場。
新作 **君が、仲間を殺した数** ―魔塔に挑む者たちの咎― 【著】有象利路　【イラスト】叶世べんち	彼はその日、闇に堕ちた。仲間思いの心優しい青年は死に、ただ一人の修羅が生まれた。冒険の舞台は『魔塔』。それは命と「心」を喰らう迷宮（ダンジョン）。そこに挑んだ者たちは、永遠の罪と咎を刻まれる――。
新作 **午後九時、ベランダ越しの女神先輩は僕だけのもの** 【著】岩田洋季　【イラスト】みわべさくら	夜９時、１m。それが先輩との秘密の時間と距離。「どうしてキミのことが好きなんでしょうか？」ベランダ越しに甘く問いかけてくるのは、完璧美少女の氷見先輩。冴えない僕とは一生関わることのないはずだった。
新作 **ねえ、もっかい寝よ？** 【著】田中環状線　【イラスト】けんたうろす	クラスでは疎遠な幼なじみ。でも実は、二人は放課後添い寝する関係だった。学校で、互いの部屋で。成長した姿に戸惑いつつも二人だけの「添い寝ルール」を作って……素直になれない幼なじみたちの添い寝ラブコメ！
新作 **異世界の底辺料理人は絶頂調味料で成り上がる!** ～魔王攻略の鍵は人造精霊少女たちとの秘密の交わり!?～ 【著】アサクラ ネル　【イラスト】TAKTO	オレは料理人だ。魔王を満足させる料理を作らないと殺されるハメになり、絶望しているときに出会ったのがソルティという少女。彼女の身体から「最高の塩」を採集するには、彼女を絶頂へと導くしかない……！
新作 **女子高生声優・橋本ゆすらの攻略法** 【著】浅月そら　【イラスト】サコ	渋すぎる声と強面のせいで周囲から避けられている俺が、声優デビューすることに。しかも主役で、ヒロイン役は高校生声優の橋本ゆすら。高嶺の花の彼女とともに、波瀾万丈で夢のような声優人生が始まった――！

二月 公
イラスト／さばみぞれ
声優ラジオのウラオモテ
#01 夕陽とやすみは隠しきれない？
オモテは元気＆清楚なアイドル声優／
ウラはギャル＆根暗地味子な女子高生!?
プロ根性で世界をダマせ！
バレたらアウトの声優ラジオ
Now On Air!!
第26回
電撃小説大賞
大賞
受賞
電撃文庫

豚になった俺が、異世界で美少女といちゃラブ(!?)するファンタジー
逆井卓馬
Author: TAKUMA SAKAI
[イラスト] 遠坂あさぎ
Illustrator: ASAGI TOHSAKA
純真な美少女にお世話される生活。う～ん豚でいるのも悪くないな。だがどうやら彼女は常に命を狙われる危険な宿命を負っているらしい。
よろしい、魔法もスキルもないけれど、俺がジェスを救ってやる。運命を共にする俺たちのブヒブヒな大冒険が始まる！
豚のレバーは加熱しろ
Heat the pig liver
the story of a man turned into a pig.
電撃文庫

グラフィティの聖地《ブリストル》で、
俺は"翼をもがれた天才"と
出会う――!
池田明季哉
[illustration]みれあ
オーバーライト
――ブリストルのゴースト
Overwrite
The ghost of Bristol
第26回
電撃小説大賞
選考委員奨励賞
グラフィティの聖地を脅かす陰謀に
巻き込まれた訳ありコンビ「落書き探偵《グラフィティ・ディテクティブ》」。
立ち向かう若者たちの
挫折と再生を描いた感動の物語!
電撃文庫

女子高生同士が
また恋に落ちる
かもしれない話。
杜奏みなや
Minaya Morikana
Illustration
小奈きなこ
Kinaco Cona
普通の女子高生がある日物語の主人公になる、
初恋やり直しストーリー。
八年前。ひとりぼっちで泣くわたしを助けてくれた、満月みたいな丸い瞳の、背が高くてかっこいい女の子。わたしの特別な、初恋の相手――。
わたしは、小学生のとき一緒に星を見た、あの女の子が今もまだ忘れられない。もう二度と会えない、ただの思い出……だけどある日寮を移った先の部屋で待ち受けていた女の子・佑月こそ、まさに初恋の彼女で――!? 昔とは違って、小動物みたいで背も小さくて、すこし変わり者の佑月。好きだったのは昔のこと。このドキドキは、恋じゃない……はず。
電撃文庫

春──。名門キンバリー魔法学校に、今年も新入生がやってくる。黒いローブを身に纏い、腰に白杖と杖剣を一振りずつ。胸には誇りと使命を秘めて。魔法使いの卵たちを迎えるのは、満開の桜と魔法生物のパレード。喧噪の中、周囲の新入生たちと交誼を結ぶオリバーは、一人に少女に目を留める。腰に日本刀を提げたサムライ少女、ナナオ。二人の、魔剣を巡る物語が、今始まる──。

電撃文庫

幼なじみが絶対に負けないラブコメ
OSANANAJIMI GA ZETTAI NI MAKENAI LOVE COMEDY
［著］二丸修一
SHUICHI NIMARU
［絵］しぐれうい
『幼なじみ』
VS
『初恋の少女』
先の読めない
最先端ラブコメ開幕!!
STORY
高校２年生の丸末晴は、幼なじみの少女・志田黒羽からの好意を知りながらも、初恋の相手である可知白草に一途な恋心を抱いていた。だがそんな矢先、白草に彼氏がいることが発覚！
末晴は深い絶望の末、黒羽と手を組んで、男の純情を踏みにじった白草に“最高の復讐”をすることを決意する!!
電撃文庫